Mécamorphose

Cyrielle JOANNARD

À mes lecteurs compulsifs préférés, Charlotte, Raphaëlle et Alexandre
À Jeremy, pour tes conseils et tes retours sur mes écrits

À Colette, même si tu ne liras jamais ceci, pour m'avoir
appris l'amour des livres et des mots

Merci

BoD – Books on Demand
12/14 rond-point des Champs-Élysées, 75008 Paris
Impression : BoD - Books on Demand, Norderstedt, Allemagne

Table des matières

Chapitre 1 – L'Académie Mélusianne

- Rosalyne ! Viens voir par ici !

Appuyé sur la rambarde délimitant l'immense stand de Cloud Technology, Paul était subjugué par le travail réalisé par un des nouveaux androïdes présentés par la société. Les yeux bruns du jeune homme s'écarquillaient à chaque mouvement de la machine humanoïde qui confectionnait avec précision le mécanisme d'une minuscule montre à gousset.

- Regarde comme il se débrouille bien ! Réaliser un robot comme celui-ci doit-être un travail colossal ! Ton père doit en être très fier !

Rosalyne acquiesça en souriant, reportant elle aussi son regard sur l'objet du vif intérêt de son ami. En effet, son père était un des ingénieurs responsables de ce genre de projet chez Cloud Technology. À partir de leur conception jusqu'à leur mise en service, Leroy Evans surveillait d'un œil attentif toutes les étapes de fabrication de ces robots. Il était d'ailleurs là, dans le fond du stand, en train de discuter avec des clients. Lorsqu'il vit sa fille unique et son meilleur ami, Leroy leur adressa un clin d'œil et un signe de la main, mais, ne pouvant se dérober à ses discussions commerciales, leur fit comprendre qu'il les rejoindrait plus tard.

L'habillage du robot technicien n'était pas encore terminé, mais ses capacités de préhension et d'analyse étaient sans pareil. Il avait une silhouette humanoïde tout en conservant son aspect de machine de précision. Ses mains aux articulations cuivrées animées par de minuscules vérins attrapaient avec habileté tous les outils nécessaires à la confection de la montre. Lorsqu'il eut terminé, l'opérateur humain avec qui il officiait en binôme récupéra le bijou pour le montrer à l'assistance. Sous les regards et les exclamations d'admiration du public, l'androïde saisit de nouvelles pièces afin de répéter l'opération de montage, ne se laissant aucunement déconcentrer par l'assemblée. Et tous deux recommençaient, encore et encore, devant une nouvelle foule toujours aussi stupéfaite à chaque nouvel objet réalisé.

Rosalyne et Paul s'éloignèrent pour laisser la place à de nouveaux visiteurs. Ils déambulaient joyeusement entre les stands des plus grandes entreprises du dôme et au-delà. Leur école d'ingénieur, l'Académie Mélusianne, accueillait en ce jour le grand salon de l'innovation et des nouvelles technologies. C'est pourquoi tous les plus grands industriels du pays et au-delà se pressaient pour participer à cet évènement afin de montrer leur dernier produit, faire leur publicité et séduire de nouveaux clients. Ce salon permettait également aux futurs étudiants en dernière année de chercher leur stage de fin d'études en rencontrant directement les responsables des plus grands groupes du pays. Les deux amis ne s'en souciaient pas encore puisqu'ils finissaient à peine leur première année. Même s'ils cherchaient eux aussi leurs voies respectives, ils étaient loin de se faire du souci à ce propos.

Le contraste entre les démonstrations des toutes dernières technologies et le caractère ancien du lieu était saisissant. Les murs qui abritaient l'académie étaient autrefois la propriété d'une très ancienne famille noble. L'un des derniers des descendants de la lignée, héritant du lieu beaucoup trop grand pour lui, décida alors de transformer l'immense bâtisse pour en faire une école. Petit à petit, l'enseignement qui y était plus général s'y est spécialisé pour devenir une grande école d'ingénieur dans les domaines de la mécanique, l'électrotechnique et de l'informatique. Malgré les infrastructures techniques récentes, les derniers descendants de la famille Mélusianne avaient tenu à ce que ce patrimoine ancien soit protégé comme très peu avaient pu l'être. L'architecture et les détails d'aspect victorien avaient donc été conservés, donnant l'impression aux élèves de venir en cours chaque jour dans un château. Ce qui était bel et bien le cas.

C'est dans ces couloirs pavés, sous les voûtes anciennes, que Rosalyne et Paul se baladaient, changeant de salle et découvrant de nouvelles machines et des produits révolutionnaires devant chaque stand.

Paul s'interrompit un moment devant une entreprise qui présentait de nouveaux matériaux composites pour diverses applications, comme l'aéronautique ou encore la médecine.

-       Je te laisse un moment, il faut que j'aille voir ma mère dans la cour, glissa Rosalyne à son ami en s'éloignant.
-       Ça marche, on se retrouve pour déjeuner alors !
La jeune fille se dirigea dans la grande cour d'honneur où différents stands avaient également été installés. Le plus impressionnant était celui de la société Pawell & Co, où se trouvait également Carrie Evans, la mère de Rosalyne. Trois grandes tonnelles aux couleurs de l'entreprise avaient été montées, sous lesquelles représentants, ingénieurs et techniciens présentaient le fruit de leur travail. Pawell & Co exposait donc dans la cour de l'école le tout dernier modèle de zeppelin automatisé, résistant aux rudes conditions climatiques de l'extérieur.

En effet, l'humanité ne pouvait plus se permettre de vivre tranquillement au gré des éléments tant la planète était devenue hostile. Cette bonne vieille Terre, autrefois si vivante et accueillante, était alors balayée, entre autres, par les ardents rayons du soleil, mais aussi par les pluies acides, fruits de centaines d'années de pollution acharnée par l'espèce humaine. Pour se protéger de leurs propres erreurs, les différents gouvernements avaient ordonné la construction de dômes protecteurs autour des grandes villes surpeuplées et des principales zones agricoles. Ces infrastructures étant très chères, seuls de riches industriels pouvaient se permettre de telles dépenses et devenaient alors gouverneurs de ces micropays, nommés par un seul numéro. La famille Evans avait la chance de loger sous le dôme 348, dont le gouverneur, Bayron Eudon était un homme bon et respecté, mais tous n'avaient pas cette chance. La société de Bayron Eudon avait fait fortune en développant le système de reconstitution du climat utilisé dans tous les dômes. À l'intérieur de ces immenses cloches, l'atmosphère était simulée et répondait au bon vouloir d'algorithmes prédéfinis, s'accordant avec les saisons, mais aussi avec les récoltes. L'ersatz de ciel bleu qui était projeté sur les parois du dôme donnait la vague impression de vivre à l'air libre, mais personne n'était dupe. La population était cloîtrée sous ces coupoles protectrices, sans espoir de pouvoir un jour découvrir autre chose.

Il était toutefois possible de passer d'un dôme à un autre, même si cela restait compliqué et toujours onéreux. La première solution était d'emprunter le train dans les galeries souterraines reliant les différentes villes. Très utilisé dans les premiers temps des dômes, ce système atteignait cependant ses limites, car les tunnels n'avaient pas été suffisamment entretenus. Les galeries s'effondraient de plus en plus souvent faute de maintenance et ces dernières étaient régulièrement envahies par des hordes de zombies.

Parce qu'en plus d'être complètement stérile et inhabitable, la surface extérieure de la planète était alors infestée de ces horribles créatures rappelant étrangement les anciens livres de science-fiction. Il semblerait que l'épidémie ait débuté au temps des premières pluies radioactives et s'était très rapidement propagée. La maladie semblait venir de nulle part et se transmettant par la salive et le sang. Ceux qui avaient le malheur d'être infectés devenaient complètement fous et avides de chairs fraîches.

Les autorités avaient tenté d'endiguer l'épidémie, mettant en place des structures de quarantaine et de nombreux moyens pour tenter de trouver un traitement. Les résultats n'avaient jusqu'alors pas été concluants et faisaient des infectés de simples cobayes sur lesquels l'on essayait tout et n'importe quoi. Dès que le patient se montrait trop agressif, c'était l'exécution.

La seconde manière de se déplacer de dôme en dôme était d'emprunter les dirigeables de Pawell & Co. Ces engins volants étaient devenus une véritable révolution permettant des voyages bien plus sûrs et bien plus courts. Les tout premiers modèles ne pouvaient alors faire que très peu de trajets, car ils s'abîmaient encore vite à l'extérieur. C'est pourquoi ce moyen de transport onéreux n'était quasiment utilisé que par les plus aisés ou pour les marchandises. Pourtant, les récents progrès technologiques, comme par exemple un tout nouveau revêtement extérieur résistant aux pluies nocives et de grandes baies vitrées très résistantes permettaient à de plus en plus de monde de voyager tout en contemplant le paysage ou ce qu'il en restait. Ces excursions permettaient également de recenser la population zombie qui se faisait de plus en plus importante ces dernières années.

Au milieu de la grande cour de l'Académie Mélusianne se trouvait donc un de ces tout derniers modèles de zeppelin. On pouvait voir passer des machines semblables très souvent au-dessus de l'école. Le gigantesque ballon dépassait largement le toit de l'immense bâtiment. L'on pouvait voir à travers la fine et transparente membrane qui l'entourait la majestueuse armature en métal. Elle soutenait une nacelle semblable à un bateau suspendu dont les formes massives contrastaient avec l'apparente légèreté de son porteur. Des employés de Pawell & Co s'affairaient autour de l'imposant ouvrage pour renseigner les visiteurs ou leur faire visiter la cabine et le poste de pilotage.

Rosalyne ne put s'empêcher de s'extasier un instant devant l'immense engin volant puis, reprenant ses esprits, se mit à la recherche de sa mère. Carrie Evans était justement sous la tonnelle réservée à son entreprise, en grande discussion avec un des professeurs de l'académie, M. Wright, qui y enseignait la conception mécanique.

- Mademoiselle Evans, salua-t-il la jeune fille quand il la vit s'approcher d'eux, ôtant élégamment son haut de forme. Nous étions justement en train de parler de vous.

Grand et mince, l'homme pouvait sembler froid au premier regard, mais il en était tout autrement. Toujours tiré à quatre épingles, il portait une redingote boutonnée jusqu'en haut et se terminant en queue de pie. Il replaça son chapeau d'un geste habile sur ses cheveux blonds en souriant à la jeune fille.

- M. Wright était sur le point de me parler de votre dernier travail de conception, le véhicule terrestre autonome, expliqua Carrie d'une voix amusée, sachant déjà de quoi il retournait.

- En effet, Mademoiselle, votre interprétation du sujet m'a quelque peu déconcerté, avoua le gentleman. Alors que vos camarades m'ont rendu des projets très scolaires, utilisables à l'intérieur des dômes, de nouvelles voitures ou des machines agricoles, vous nous avez imaginé une tout autre machinerie. Un véhicule tout-terrain, capable de se déplacer en dehors des dômes. Et le tout conduit par un être humain alors que les machines tendent à être de plus en plus autonomes, de nos jours, comme en témoignent les robots de votre père.

- Je le conçois bien, professeur, répondit Rosalyne. Mais, voyez-vous, j'ai soif de plus de liberté. Je sais que les dômes nous protègent du monde extérieur dans lequel nous ne pourrions plus survivre, mais je ne peux m'empêcher de rêver qu'un jour, nous pourrions explorer la surface sans nous cacher sous terre ou dans les airs. Cela a certainement dû se ressentir dans mon travail, se défendit-elle. Mais cela ne reste qu'une idée, le développement d'un tel projet prendrait des mois, voire des années.

- Vous êtes comme votre mère, fascinée par l'extérieur, dit le professeur en souriant à l'intéressée. Pourtant, ce n'est pas encore aujourd'hui que nous pourrons sortir de notre cage, aussi belle soit-elle. Je ne peux que vous conseiller de vous interroger sur les attentes actuelles de la société pour vos prochains travaux, car je pense que vous êtes un peu en avance sur votre temps, Mademoiselle Evans. Mais gardez bien ces idées dans un coin de votre tête, dit-il en lui adressant un clin d'œil, elles pourraient s'avérer utiles, un jour.

Il s'excusa alors et salua les deux femmes avant de s'éloigner. Le son de sa canne contre les pavés résonnait dans la galerie alors qu'il se dirigeait vers le réfectoire. L'heure du déjeuner approchait à grands pas et la plupart des visiteurs prenaient eux aussi la direction des salles de classe qui avaient été aménagées en restaurants éphémères pour la durée du salon. Carrie et Rosalyne restèrent quelques instants à discuter ensemble pendant que la mère rassemblait ses affaires.

- Alors, ma chérie, tu as pu voir des choses intéressantes ? demanda Carrie en passant la poignée de son sac à main par-dessus son épaule.

La mère de Rosalyne semblait bien plus jeune que son âge. Elle avait transmis sa chevelure blonde et ondulée à sa fille, mais la portait bien plus courte. La jeune fille avait également hérité des traits de sa mère, encore fins, ponctués seulement par quelques rides de sagesse. Carrie portait une robe noire qui mettait sobrement ses formes en valeur, car elle représentait son entreprise lors de ce salon en tant qu'ingénieure de Pawell & Co.

- Oui, je suis allée voir les robots de papa, répondit Rosalyne avec entrain. Ils sont de plus en plus impressionnants !

- Toujours aussi fascinée par les machines de ton père, s'amusa Carrie. Nous devons d'ailleurs nous retrouver bientôt pour le déjeuner, tu veux te joindre à nous ?

- Je ne peux pas, les étudiants doivent laisser la priorité aux visiteurs ainsi qu'aux exposants pour les premiers services. Je vais rejoindre Paul et nous mangerons un peu plus tard.

- Très bien. Oh, et le gouverneur doit venir baptiser le nouveau zeppelin tout à l'heure, à 17h. Tu seras là ?

- Nous ne manquerions cela pour rien au monde !

- À tout à l'heure, alors !

Les deux femmes se quittèrent, l'une suivant la foule en direction des salles de restauration, la plus jeune prenant le chemin du grand atelier pour rejoindre son ami. L'endroit abritait habituellement les cours d'usinage et de production, mais avait été aménagé pour l'occasion en hall d'exposition. À l'intérieur, des visiteurs, principalement des hommes, conversaient bruyamment à propos des dernières avancées technologiques ou parlaient affaires.

On ne trouvait encore que peu de femmes dans ce genre de domaine scientifique et technique, même si le nombre de ces dernières commençait à augmenter ces dernières années. Les autres demoiselles préféraient devenir des Ladies, s'occuper de leur image et harponner le meilleur parti pour se mettre à l'abri du besoin.

Mais ce n'était pas le cas de Rosalyne. Elle avait fait ses premiers pas au milieu des machines dès son plus jeune âge, préférant les outils aux poupées, les boulons aux bijoux. Élevée par des parents ingénieurs, elle avait vite compris ce qu'elle voulait faire plus tard et avait pu intégrer la prestigieuse Académie Mélusianne après le lycée, passant avec succès le difficile concours d'entrée. Encore en première année, Rosalyne ne savait pas encore quelle spécialité choisir, autant attirée par les machines volantes de sa mère que par les robots humanoïdes de son père. Tout l'intéressait, et lors du salon, elle ne savait plus où donner de la tête.

Elle retrouva Paul un peu plus tard, de nouveau au stand de Cloud Technology, mais c'était un tout autre spectacle qui s'offrait alors à eux. Un autre robot s'affairait à confectionner de petits hors-d'œuvre sous les yeux ébahis et gourmands des visiteurs et ceux attentifs du chef cuisinier. La machine maniait ses ustensiles de cuisine d'une main argentée de maître. Il était vêtu à la manière d'un commis de cuisine, seule sa tête robotique et ses bras brillants qui dépassaient du vêtement trahissaient sa condition artificielle.

- Ce robot a rejoint notre équipe il y a quelques mois, dans notre restaurant, le Shift, expliquait l'homme en blanc coiffé d'une toque immaculée. Il nous aide beaucoup lors des rushs, pour certains dressages, mais aussi pour la confection de plats simples et également pour la vaisselle.

L'androïde plaça les petites bouchées sur un plateau qu'une serveuse à l'uniforme turquoise vint proposer gracieusement aux spectateurs. Rosalyne et Paul saisirent chacun un des petits canapés qui s'avéraient délicieux bien que d'une apparente simplicité.

- Cela m'a ouvert l'appétit, fit Paul en léchant les quelques miettes qui s'étaient collées sur ses doigts. Dommage qu'on ne puisse pas encore aller manger.

- À moins de se faire passer pour des visiteurs, de grands industriels ou des ladies, je crains que nous ne devions attendre, répondit Rosalyne. Peut-être pourrais-je me faire passer pour une grande dame, tu ne crois pas, s'amusa-t-elle en faisant virevolter sa robe.

La jeune fille était plus habituée à porter des vêtements bien plus confortables, comme des pantalons en toile bruns ainsi que des chemises de travail. Ces tenues étaient également obligatoires pour les travaux en atelier, parfois agrémentées d'une combinaison de protection, de chaussures de sécurité et de lunettes spéciales. Ces demoiselles aux longues chevelures devaient également porter les cheveux attachés. Mais pour le salon, l'administration avait demandé aux élèves de faire un effort vestimentaire, ainsi les rares étudiantes avaient toutes revêtu des tenues plus féminines. Rosalyne portait alors une robe longue en taffetas bleu nuit, des manches ballons venaient habiller ses épaules. Son corset lui faisait un décolleté chaste qui laissait paraître la blancheur de sa peau, mais ne la laissait que difficilement respirer. De fines bandes de dentelle venaient épouser ses formes et quelques boutons nacrés scintillaient à la lumière. Des jupons donnaient du volume à l'ensemble. Rosalyne portait également des escarpins à bandes noires avec un petit talon qui lui offraient quelques centimètres de taille en plus et, en fin de journée, de sympathiques douleurs aux pieds. Ses cheveux blonds étaient lâchés et ondulaient librement sur ses épaules, encadrant son visage où brillaient deux prunelles bleues.

- Tu as surtout l'air déguisée, oui ! réagit Paul en voyant son amie prendre des airs d'aristocrate.

Faussement vexée, la jeune fille lui asséna une petite claque à l'arrière du crâne. Elle préférait bien entendu porter des vêtements plus confortables même s'ils lui donnaient un air de garçon manqué. Pourtant, elle ne boudait pas son plaisir d'avoir fait tourner quelques têtes depuis le début de la journée. Paul, quant à lui, n'avait fait aucun effort de représentation. Il portait les mêmes habits que d'habitude, un pantalon brun et des chaussures banales et usées. Seule sa chemise blanche, conseillée par son père, rehaussait un peu l'ensemble.

Ils chahutèrent encore un moment, jusqu'à la fin de la présentation, s'attirant quelques regards désapprobateurs du public. Il ne convenait pas à une jeune fille de se comporter de la sorte, mais Rosalyne n'en avait cure. Elle préférait profiter encore de ces moments insouciants avant de faire son entrée dans la vie active.

Chapitre 2 – L'attaque

Les deux amis décidèrent de sortir un moment prendre l'air pour attendre le repas tout en admirant le zeppelin. L'immense ballon, entouré sur trois côtés par les bâtiments anciens de l'académie, attirait encore les foules. La technologie prenait ainsi ses aises dans un écrin d'histoire.

- Il est vraiment impressionnant ! s'extasia Paul devant la machine volante. Tu crois que nous pourrons faire un tour aujourd'hui ?

- Je crains fort que non, il sert avant tout aux visites pour les visiteurs et de modèle d'exposition pour les futurs investisseurs.

Au loin, un bourdonnement sourd se fit entendre. Le bruit gagnait peu à peu en intensité indiquant qu'il venait dans leur direction. Les deux amis se retournèrent et cherchèrent d'où provenait ce son familier. Ils attendirent quelques instants avant de voir se dessiner au-dessus du toit de l'académie les formes d'un second ballon dirigeable.

- Tu étais au courant que Pawell & Co devait présenter deux zeppelins ? demanda Paul à son amie.

- Non, ma mère ne m'a rien dit à ce propos.

Le dirigeable passa au-dessus de l'école et apparut tout entier. Il semblait vouloir atterrir aux côtés de son jumeau, même s'il était clairement beaucoup plus ancien et usé que celui déjà à terre.

- Peut-être qu'il y en aura un qui pourra nous emmener voler, finalement ! s'excita le jeune homme.

- Cela me semble tout de même bizarre, s'inquiéta Rosalyne. Ma mère m'aurait dit s'il devait y avoir un second dirigeable.

- Elle a sans doute dû rater un mail ou ce genre de chose, ça peut arriver. Allez viens, allons voir ça de plus près.

- Ce n'est pas la peine, tout le monde va vouloir s'approcher de toute façon. Je préfère que nous restions ici.

Les visiteurs étaient eux aussi partagés, entre surprise et intérêt. Comme Rosalyne l'avait prédit, ils ne tardèrent pas à former un attroupement autour du ballon qui atterrissait. Tous se bousculaient comme des enfants pour voir mieux que les autres quand la nacelle toucha finalement terre. Les policiers qui étaient postés à l'entrée du parc de l'école s'approchèrent également, tentant de comprendre la situation.

Quelques instants passèrent avant que les portes de la cabine s'ouvrent finalement, laissant s'échapper plusieurs personnes vêtues de combinaison de protection les recouvrant des pieds à la tête. Ceux-ci indiquèrent à la foule de s'écarter pendant que d'autres déchargèrent une lourde caisse de métal à l'aide d'un chariot. Ils déposèrent finalement le contenant qui intriguait de plus en plus l'assemblée avant de retourner dans la cabine. Un des hommes déverrouilla d'abord la caisse qui s'ouvrit avant de courir dans la nacelle pendant que le dirigeable redécollait.

Sur les marches de la grande porte de l'école, Rosalyne et Paul étaient beaucoup trop loin pour voir ce qui se trouvait dans la caisse. Le public surexcité leur gâchait la vue, ils pouvaient seulement apercevoir le ballon qui reprenait rapidement de l'altitude, libéré de son poids. Puis des cris retentirent dans la foule, alertant les deux amis.

Une des personnes de l'assemblée, effrayée par le contenu de la boîte, avait poussé un cri de terreur, déchaînant la fureur des créatures. L'hystérie et la panique s'emparèrent en quelques instants de la foule, qui commença à courir dans tous les sens. Rosalyne et Paul tentèrent de visualiser ce qui créait tant d'agitation et, entre deux visiteurs criant tout leur saoul, ils les virent.

Des zombies, très certainement affamés, créaient la terreur dans l'assemblée. Certains avaient déjà pu attraper leur proie, sur laquelle ils s'acharnaient en arrachant leur chair à l'aide de leurs mâchoires édentées et de leurs mains osseuses. D'autres pourchassaient les visiteurs qui tentaient vainement de fuir en se bousculant les uns les autres. Les policiers essayaient de contenir la crise, mais ne pouvaient pas tirer dans la foule et surtout, étaient aussi effrayés que les visiteurs.

Devant ce spectacle, Rosalyne et Paul restèrent interdits durant une fraction de seconde, mais ils ne tardèrent pas à reprendre leurs esprits. Fuyant les monstres, une horde de spectateurs se précipitait dans leur direction, les contraignant eux aussi à courir. Ils se ruèrent dans le couloir pour sauver leur vie et prévenir le maximum de personnes. Tout le monde criait, les hurlements des humains se mêlaient aux grognements des zombies et résonnaient dans l'ancien bâtiment. Les visiteurs dans le hall ne comprirent pas directement ce qui se passait là dehors avant de voir les autres courir vers eux, les terrifiantes créatures sur leur talon.

- Il faut prévenir tout le monde ! cria Paul à Rosalyne pour qu'elle l'entende. Où sont tes parents ?

- À l'étage, dans les salles de restauration.

- S'ils entrent là-bas, ce sera un carnage !

- Il me semble qu'il y a des policiers là-bas aussi, on peut facilement se barricader dans ces salles. Nous devons les atteindre !

Au rez-de-chaussée, il n'y avait plus aucune issue, des zombies semblaient venir de tous les côtés. Les deux amis s'enfoncèrent alors dans l'école, en sens inverse des visiteurs qui cherchaient à fuir vers l'extérieur. Malgré les recommandations des deux jeunes gens, ces derniers se précipitaient dans les bras des affreuses créatures, vers une mort certaine.

Rosalyne peinait à courir dans sa tenue de dame bien peu pratique pour s'enfuir. Elle se promit de choisir sa prochaine toilette sur un critère plus athlétique et de ne plus jamais porter de chaussures à talon de sa vie.

Soudain, en tournant à l'angle d'un couloir, ils tombèrent nez à nez avec une autre horde de zombies. Les créatures, encore à une dizaine de mètres, se jetèrent instantanément à leur poursuite.

- Demi-tour ! cria Rosalyne. Nous devons prendre les escaliers nord et monter le plus rapidement possible !

- Oui, je n'ai pas envie de finir comme eux, ou en bouillie dans leur ventre ! Dépêchons-nous !

Les deux amis se dirigèrent vers les escaliers, ils entendirent derrière eux les zombies à leurs trousses, mais aussi les cris des victimes. Leurs poursuivants avaient une allure incroyablement soutenue pour des êtres morts. Rosalyne et Paul grimpèrent les escaliers aussi vite que possible. Le jeune homme était légèrement en avance sur son amie puisqu'il n'était pas gêné par des froufrous raffinés. Arrivé au deuxième étage où se trouvaient les salles de restauration, il se précipita hors de la cage d'escalier pour demander de l'aide.

Derrière elle, alors qu'elle passait la dernière marche, Rosalyne sentit que quelque chose lui avait attrapé la cheville. Elle se retourna et découvrit avec horreur qu'une des créatures venait de s'emparer de sa jambe et approchait dangereusement ses crocs de la chair pâle de la jeune fille. Cette dernière se débattait, secouait le pied et tentait de donner des coups au zombie pour se dégager. Mais la créature avant déjà ouvert la mâchoire, encore plus visible du fait de l'absence de chair sur sa joue gauche. Dans un seul mouvement, elle enfonça ses dents dans la cheville de sa victime. Une douleur vive s'empara de la jeune fille qui étouffa un cri. Dans un ultime effort, Rosalyne parvint à envoyer sa jambe libre dans la tête de son agresseur. Celui-ci dégagea aussitôt son étreinte avant de dégringoler les marches en emportant avec lui les autres zombies qui le suivaient. Sans demander son reste, la jeune fille se releva en une fraction de seconde et s'élança pour retrouver son ami. Une fois dans le couloir, des policiers qui sortaient à peine des salles de restaurations vinrent à sa rencontre et abattirent les zombies qui s'étaient relevés et couraient toujours derrière elle.

- Rejoignez tout le monde dans les restaurants, au fond du couloir ! Et barricadez-vous avec les autres ! lui dit un des hommes en uniforme. Nous viendrons vous chercher quand nous aurons neutralisé tous les intrus. Êtes-vous blessée ?

- Non ! mentit-elle en ayant l'incroyable réflexe de dissimuler la morsure avec sa robe longue. Mais il doit y en avoir d'autres dans la cage d'escalier, leur indiqua Rosalyne, en plus de ceux dans la cour !

- Nos collègues se sont déjà occupés d'eux, mais il y en a dans toute l'école, apparemment. Maintenant, filez vous mettre à l'abri !

Les policiers s'éloignèrent et Rosalyne se rua en direction de la salle de classe. Dès qu'elle frappa à la porte en criant son identité, cette dernière s'ouvrit et la jeune fille se retrouva enfermée dans des bras réconfortants. Des hommes s'empressèrent de condamner la porte à nouveau en poussant une table contre. Quand Leroy relâcha son étreinte, Rosalyne put lire le soulagement dans les yeux de son père. Plus loin, Paul se pressa vers son amie.

- Rosa ! s'écria-t-il. Je croyais que tu étais juste derrière moi ! Quand je suis rentré ici et que je ne t'ai pas vu, je…

Il n'eut pas le temps de finir sa phrase que son amie lui asséna une gifle sonore qui lui imprima une main écarlate sur la peau, avant de le prendre dans ses bras.

- Tu es un abruti, Paul Williams, mais le principal, c'est que nous soyons saufs !

La mère de Rosalyne se fraya un chemin à travers la foule pour rejoindre sa famille.

- Bonté divine ! s'exclama-t-elle. Tu vas bien ma chérie ? Es-tu blessée ? Nous avons eu si peur !

- Je n'ai rien, mentit-elle une nouvelle fois en faisant taire l'horrible douleur qui lui lançait dans la jambe à chacun de ses pas.

Cependant, elle savait qu'il faudrait mettre au courant ses parents le plus rapidement possible, pour la sécurité de tous.

- Nous te croyions déjà victime de ces créatures, fit Leroy en reprenant sa fille dans ses bras.

- J'ai réussi à les semer, continua-t-elle faussement sereine. La seule chose que nous pouvons faire maintenant, c'est attendre que les policiers finissent de neutraliser toutes ces choses.

L'attente sembla interminable. Bien que tous fussent soulagés d'être en sécurité dans une pièce fermée, l'assistance ne tarda pas à s'agiter. Seule une radio laissée plus tôt par les policiers tenait au courant les réfugiés de la situation, mais aucun message concernant la fin de cette tragédie n'avait encore été émis. Cette dernière avait enfin daigné émettre quelques paroles salvatrices quand un policier vint frapper à la porte.

- La zone a été sécurisée, nous allons maintenant procéder à l'évacuation des civils. Veuillez me suivre dans l'ordre et le calme.

Malgré la demande du représentant des forces de l'ordre, l'assemblée se précipita pour sortir du réfectoire, désireuse de retrouver un peu d'air frais et de fuir le théâtre de cette catastrophe. Rosalyne, Paul, Carrie et Leroy attendirent quelques instants que le troupeau humain se disperse avant de sortir également et d'emprunter à leur tour les escaliers. La jambe de la jeune fille continuait de lui faire affreusement mal à chaque fois qu'elle posait le pied au sol, mais elle tenait le coup en dissimulant sa douleur. Elle avait discrètement enroulé un mouchoir autour de sa cheville pour stopper le saignement. Les personnes qui étaient restées dans le réfectoire étaient considérées comme saines, car n'avait pas rencontré de zombie. Du moins, c'est ce que pensaient les autorités, ayant oublié la jeune fille qui avait rejoint les réfugiés plus tard. Elle ne devait en aucun cas laisser penser qu'elle s'était fait mordre, car, s'ils détectaient le moindre signe, les services d'hygiène l'emmèneraient en quarantaine avec les autres. Et Rosalyne savait quel sort funeste il était réservé aux infectés. Elle ne reviendrait jamais.

Mais qu'allait-elle pouvoir faire ? À la vue de sa blessure, elle était condamnée, c'était certain. Il fallait qu'elle prévienne ses parents au plus vite, mais pas tout de suite. Rosalyne voulait attendre qu'ils soient seuls tous les trois. Comment pourrait-elle leur annoncer ? Bien que la maladie prenne un peu de temps avant d'avoir des symptômes visibles, son corps allait se décharner, ses cellules ne se renouvèleraient plus. Sa longue chevelure blonde allait peu à peu disparaître, ses ongles allaient tomber, elle ne tromperait plus personne.

Tout ce qu'elle voulait, c'était rentrer chez elle, profiter de ses derniers instants avec sa famille, vivre la vie qu'elle avait toujours vécue. Son vœu le plus cher en cet instant était de finir ses études, trouver un travail passionnant, mais elle savait que c'était impossible. Bientôt, sa faim de chair humaine l'empêchera d'avoir la moindre interaction sociale et surtout, la conduirait directement vers la case cobaye.

Et qu'en serait-il de ses parents ? En apprenant qu'ils auraient caché une infectée, même en ne le sachant pas, les services d'hygiène les emmèneraient eux aussi en quarantaine, malades ou non. Égoïstement,

Rosalyne préférait ne pas penser à cette éventualité et marchait la tête basse en suivant la foule. Chacun de ses pas lui rappelait son innocente culpabilité.

La prestigieuse académie avait pris des airs de film d'horreur. Au sol, des corps démembrés à moitié dévorés gisaient çà et là, bien que les forces de l'ordre aient déjà évacué la plupart des victimes. Du sang sombre maculait les murs des vieux bâtiments ainsi que d'autres substances organiques répugnantes.

La cour d'honneur offrait un spectacle encore plus anarchique. De grandes flaques de sang maculaient les jardins. Les derniers corps étaient recouverts de bâches pour ne pas choquer les survivants, mais le reste de la scène suffisait à traumatiser les plus forts. Les services d'hygiène examinaient ceux qui n'avaient pas succombé à leurs blessures, mais ces derniers savaient qu'ils n'en avaient plus pour très longtemps. Rosalyne aurait dû se trouver parmi eux et se sentit d'autant plus mal quand elle vit un homme tenter de cacher sa blessure, sans succès. Les médecins embarquèrent tous ces condamnés dans de hauts fourgons blindés, direction les laboratoires de la quarantaine. La jeune fille se sentait coupable de pouvoir échapper, même quelques jours, à cette issue fatale, alors qu'eux n'avaient pas eu cette chance.

La famille Evans traversa les jardins avec le groupe en essayant de ne pas trop regarder autour d'elle, puis se dirigea vers sa voiture. Paul rentra chez lui accompagné d'un policier puisqu'il était venu à pied depuis chez lui. Dès qu'ils furent dans les véhicules, les deux amis se firent signe mutuellement, s'indiquant qu'ils devaient se téléphoner au plus vite. Puis, lorsque la voiture démarra, Rosalyne posa sa tête contre la vitre et se laissa bercer par le ronronnement du moteur. Son esprit emmêlé de questions ne lui laissait aucun répit, ou peut-être était-ce déjà l'effet du virus qui lui brouillait les idées.

Chapitre 3 – Le réveil

Dès ses premiers instants, Ysaac avait servi l'espèce humaine. Et il en était heureux.

Il se souvenait de son premier jour d'existence comme si c'était hier. Il était là, allongé sur une table en métal, blanche et froide. La première chose sur laquelle il posa les yeux fut son créateur, penché au-dessus de sa tête. L'homme le scrutait sous les moindres détails. Son père, en quelque sorte, avait-il cru comprendre ? Ses cheveux ébène et ses yeux vert émeraude dissimulés sous d'épaisses lunettes rondes se gravèrent dans sa mémoire. Il se trouvait dans une immense pièce baignée d'une lumière blanche et vive principalement focalisée sur lui. Ysaac avait cligné des yeux et remarqua qu'autour d'eux, de nombreuses personnes, toutes habillées de blouses blanches immaculées, retenaient leur souffle. L'assemblée suivait ses moindres faits et gestes avec attention. Quand Ysaac fit mine de se lever, tous tressaillirent. Mal à l'aise, enfin autant qu'il pouvait l'être, il se redressa timidement, jetant un regard perdu sur les observateurs, avant de se hasarder à prononcer quelques mots.

- BBB… Bonjour ?

Cette voix semblait venir de très loin, un rien métallique. Pourtant, le timbre était agréable à entendre, presque humain. C'était la première fois qu'il l'entendait et, à ce seul son, tous les visages s'éclairèrent de sourires triomphants et tous s'approchèrent du nouveau-né. Ce qu'ils venaient de vivre était historique ! Ysaac chercha de l'aide dans les yeux de l'homme penché au-dessus de lui. Sur son visage se dessinait un sourire encore plus immense que sur celui de ses pairs. Le nouveau-né lui rendit son sourire et l'ingénieur poussa un grand cri de joie.

Ysaac était le premier robot complètement autonome, doté d'une volonté propre et de libre arbitre. Les ingénieurs n'avaient en rien influé sur le caractère de l'automate, celui-ci devant s'établir au fil de son existence, au fur et à mesure de ses expériences. Physiquement, Ysaac ressemblait à un jeune homme de dix-huit ans. Ses cheveux blond platine étaient implantés de façon à le laisser libre de choisir sa coiffure, comme un jeune homme de son âge. Sur son visage allongé brillaient deux billes grises, toujours curieuses et émerveillées.

Tel un très jeune enfant, Ysaac ressentait tout à une intensité démultipliée et s'intéressait à tout ce qu'on lui montrait. L'équipe de recherche était très prévenante à son sujet, tant et si bien qu'il prit également cette habitude. Les ingénieurs lui apprenaient sans cesse de nouvelles choses, soit par téléchargement direct dans son cortex cérébral, soit par l'apprentissage classique, des cours particuliers. Les bandes vidéo qu'on lui passait pour lui apprendre la vie à l'extérieur du centre lui donnaient envie de s'habiller comme un gentleman, ce qui enchanta Leroy. Le robot considérait l'ingénieur en chef comme son père, et celui-ci lui rendait bien.

L'ingénieur venait voir sa création tous les jours, prenait de ses nouvelles, lui donnait parfois lui-même des cours. Ysaac serait très bientôt indépendant, avait-il un jour confié à ses collègues, et sa première sortie en public ne devrait plus tarder.

Mais alors qu'il espérait chaque jour pouvoir voir le monde extérieur de ses propres yeux biomécaniques, il s'aperçut que les scientifiques s'agitaient de plus en plus autour de lui. Les hommes et les femmes en blouses blanches triaient des documents, emballaient du matériel technique dans de grands cartons qu'ils emportaient à l'extérieur. Au cours d'une de leurs conversations quotidiennes, Ysaac avait appris que la société Cloud Technology était sur le point de déménager. L'androïde fut tout excité à l'idée de découvrir un nouvel endroit, et surtout de pouvoir enfin sortir de ce laboratoire, aussi confortable fût-il. C'était peut-être cela, sa première sortie ! Mais son bonheur fut de courte durée, car un des techniciens du centre lui confia qu'il voyagerait sous une caisse scellée, car il était bien trop précieux pour l'entreprise. Si le projet phare de la société venait à être abîmé lors d'un simple déménagement, ce serait toute l'équipe de recherche qui serait mise à pied. Il fallait donc prendre le plus grand soin du jeune Ysaac.

Bien qu'un peu mécontent, l'androïde se laissa tout de même docilement enfermer dans une grande caisse pour son transfert dans les nouveaux locaux. Mais alors que le technicien tenta de le désactiver, Ysaac fit semblant de s'éteindre pour se mettre simplement en mode veille. Il paraîtrait que les humains appelaient cela « faire le mort ». L'androïde s'interrogea un instant, se demanda si lui pouvait mourir un jour, puisqu'il n'était pas vraiment né de façon traditionnelle. Il brida finalement sa pensée pour activer son système de géolocalisation en se connectant à l'antenne principale du dôme. De cette façon, il pourrait suivre son voyage en temps réel, même s'il ne pourrait pas profiter du paysage. Chaque chose en son temps, se dit-il. Si l'ingénieur Leroy lui avait dit qu'il ne tarderait pas à sortir, il lui faisait entièrement confiance.

Ysaac suivit donc le chemin en téléchargeant une carte de la ville dans son ordinateur cérébral. Il pouvait déterminer par quelles rues il était passé après avoir été chargé dans le véhicule de transport. Il avait reconnu le bruit du moteur, une petite fourgonnette qui, selon lui, aurait bien besoin d'une petite révision. Si on lui avait demandé, il aurait certainement pu réparer ça tout de suite. On lui avait téléchargé tout un manuel de mécanique générale la semaine précédente. Mais il continua de « faire le mort ».

Le chauffeur prit une fois à droite, puis deux fois à gauche… L'homme qui se trouvait au volant ne semblait pas très à l'aise avec son véhicule, sa conduite était lourde, saccadée. Ysaac avait l'impression que la caisse se baladait à l'arrière de la fourgonnette, percutant chaque mur, manquant parfois de se renverser. Puis le conducteur arrêta enfin son véhicule. S'il avait eu un estomac, le jeune robot aurait certainement rendu son petit-déjeuner. Il songea alors aux images des manèges dans les fêtes foraines que lui avaient montrées les ingénieurs. Mais qui pouvait bien aimer se faire secouer dans tous les sens ?

L'androïde eut beaucoup de temps pour réfléchir à la question puisqu'il resta entreposé là durant plusieurs jours après avoir été déchargé sans aucune délicatesse. Sa carte cérébrale lui indiquait sa position exacte, mais ne comprenait pas le lien avec les nouveaux locaux de Cloud Technology. Il savait simplement qu'il se trouvait dans un entrepôt désaffecté, sans plus d'information.

Il devait bien y avoir une bonne raison pour qu'on le laisse ici, pensa-t-il. Peut-être que le nouveau centre n'était pas encore tout à fait terminé. Ysaac avait une confiance absolue en Leroy, c'était son père, après tout. Il viendrait le récupérer dans quelques jours, ce n'était plus qu'une question de temps.

Puis il sentit qu'on le déplaçait une nouvelle fois. On le chargea dans la même fourgonnette qui vomissait cette fois-ci de grands nuages de gaz d'échappement. Le conducteur avait changé, les virages étaient bien plus doux. Un sourire se dessina sur le visage mécanique d'Ysaac : il rentrait à la maison.

Mais plus le temps passait et plus il sentait qu'il s'éloignait du centre du dôme. Le nouveau centre se trouvait-il en banlieue ? Cela paraissait peu probable. Son chemin se poursuivit jusqu'à ce qu'il distinguât sur la carte qu'il se rapprochait d'une ancienne gare désaffectée.

Nouveau déchargement, nouveau chargement. Cette fois-ci, il se trouvait bel et bien dans un train. Il aurait tant aimé être à l'extérieur de la caisse, pour voir le monstre de métal cracher sa vapeur tout en se frayant un chemin à l'intérieur des souterrains. Il n'était pas si différent de la locomotive, tout compte fait. Une machine que l'on trimballait sans état d'âme depuis maintenant quelques jours. Il se languissait de ses amis ingénieurs, ainsi que de ses frères et sœurs, d'autres robots du centre, développés avant lui. Il commençait à ressentir des choses qui lui faisaient mal dans la poitrine. Le manque, c'était bien comme cela qu'on appelait cela. Et de la tristesse.

Il se demandait où l'on pouvait bien l'emmener pendant que le train s'aventurait dans les souterrains, quittant ainsi l'enceinte protectrice du dôme. Alors, le nouveau centre se trouvait dans un autre dôme ?

Puis il se souvint. Les trains, les souterrains, les effondrements des voûtes. Et les zombies.

Ysaac était un robot. Bien que sa psyché soit extraordinairement proche de celle des humains, son corps n'avait rien d'organique, alors il n'avait rien à craindre de ces créatures. Elles ne feraient même pas attention à lui puisqu'il ne sentait pas la chair et leur virus ne l'atteindrait pas. Mais il ne pouvait s'empêcher d'en avoir peur. D'un autre côté, il avait surtout pitié d'elles. Finalement, ce n'était que des gens irrémédiablement malades qui erraient sans but à l'extérieur. Et il n'y avait rien à faire pour eux. Ou plutôt, personne ne faisait rien.

Le wagon s'arrêta, et on le déchargea encore une fois. Il sentit qu'on le ramenait à la surface pour ensuite l'emmener de nouveau plus profondément dans le sol, bien loin de son dôme natal, s'il pouvait l'appeler ainsi. Quelques instants plus tard, on ouvrit enfin sa caisse. Ysaac s'attendait à retrouver une de ses connaissances en blouse blanche, mais l'homme qu'il avait devant lui n'en portait pas.

- Alors, c'est ça, les nouveaux esclaves du chef ? demanda la voix d'un autre homme derrière lui pendant que le premier réactivait les mouvements du robot.

Celui qui venait de le libérer était de taille moyenne. Sa chemise usée et sa barbe de trois jours dégarnie par endroit indiquaient un certain laisser-aller. L'homme qui parlait derrière lui portait de simples vêtements de travail et une vieille casquette brune, trouée sur le côté.

- Ouais, il nous a dégotté ça pour qu'on arrête de perdre bêtement des hommes, quand on va à l'extérieur, poursuivit le premier. En même temps, il fallait s'y attendre, quand on va directement dans la gueule du loup. Avec la ferraille, au moins, il n'y aura pas de problème !

Il avait prononcé ces derniers mots pendant que le premier donnait une grande claque dans le dos du robot. Il s'attendait à rencontrer une surface bien plus dure et métallique et fut surpris.

- Tu verrais ta tête ! s'esclaffa l'autre. Cela fait longtemps que les robots ne sont plus en métal. C'est que les têtes d'ampoules, ils leur ont fait une peau presque comme la nôtre ! Sauf que celle-là, ces maudites créatures ne veulent pas la becqueter !

Ysaac ne comprenait pas ce qui se passait et n'osait pas prononcer un mot. Les deux hommes étaient bien loin de ressembler aux techniciens du centre et la pièce dans laquelle ils se trouvaient n'avait rien à voir avec un complexe scientifique. C'était plutôt un genre d'entrepôt poussiéreux dont la seule lumière parvenait de l'unique porte entrouverte. Ysaac distinguait çà et là d'autres caisses semblables à la sienne et certains de ses frères et sœurs qui étaient déjà éveillés. L'homme à la casquette s'approcha de lui et introduisit un câble dans un port prévu à cet effet, dans son cou. Il pianota sur une tablette et le robot sentit qu'un programme tentait de modifier ses données comportementales. Il fit semblant de se laisser faire alors qu'il redirigeait le tout dans un fichier qu'il s'apprêtait à jeter une fois la manœuvre terminée. Il remerciait par la même occasion en pensée l'ingénieur qui l'avait équipé de ce système de sécurité, car ses semblables dans la pièce n'avaient pas cette chance et étaient piratés sans ménagement. L'homme le débrancha et s'adressa à nouveau à l'androïde.

- Maintenant, tu es sous notre contrôle et tu feras tout ce que l'on te demandera ! lui dit-il avec un sourire privé de plusieurs dents. D'abord comment tu t'appelles ?

- On me nomme Ysaac, fit-il docilement. Je suis votre serviteur, ajouta-t-il pour paraître encore plus crédible.

Il ne savait pas exactement comment se comporter avec ces deux hommes, mais il décida de rentrer dans leur jeu au moins le temps de découvrir ce qui se passait et où il se trouvait.

- J'aime quand on me répond comme ça ! s'exclama l'homme à la casquette. Ysaac, tu seras bien traité ici si tu fais bien ton travail. Tout d'abord, tu vas me suivre, je vais te montrer un peu comment c'est, ici.

Le robot lui emboîta donc le pas et le suivit dans un dédale de couloirs où ne perçait aucune fenêtre. Les murs étaient constitués de métal rouillé et de larges tuyaux laissaient s'échapper des bruits peu harmonieux. De nombreuses portes comme celles de l'entrepôt se succédaient à intervalles réguliers, Ysaac en compta une dizaine avant que son guide ne s'arrête devant l'une d'elles. Ils entrèrent dans une salle toujours aussi sombre, éclairée simplement par deux néons dont la lumière grésillante créait des ombres inquiétantes dans chaque coin de la pièce. L'androïde ajusta sa vision pour passer en infrarouge et détecta dans le fond de la pièce une grande cage aux barreaux griffés et ensanglantés. À l'intérieur, plusieurs silhouettes s'excitaient dans tous les sens, passant les bras à travers les barres de métal. L'homme qui l'accompagnait se tenait à bonne distance de la cage et il désigna à Ysaac un grand seau rempli d'énormes pièces de viande.

- Tu vois ça ? Ce sont tes nouveaux amis ! dit-il joyeusement. Et comme tu es un gars vachement sympa, c'est toi qui vas leur donner à manger ! Ne me remercie pas, c'est tout à fait normal. J'aime aider les gens à faire de nouvelles rencontres ! Je reviens dans quelques minutes, d'ici là, assure-toi que nos hôtes ne manquent de rien !

L'homme referma la lourde porte en métal, laissant le robot seul en compagnie de ces monstres. Ysaac les avait reconnus : c'étaient les zombies qui hantaient d'ordinaire les plaines de l'extérieur. Mais pourquoi les garder en captivité ? Il retrouva rapidement dans sa base de données ce qu'on lui avait appris à propos de ces créatures. Ils n'avaient plus aucune raison de vivre, à part se nourrir pour finalement s'effondrer tant leurs corps devenaient abîmés. Sachant qu'il n'avait pas d'autres choix, il attrapa le lourd seau plein de viande crue en espérant vraiment qu'il s'agisse de porc ou au moins d'un autre animal. Entrer dans la cage ne l'enchantait guère, même s'il savait que les monstres ne voudraient pas de sa fausse chair. Il devait pourtant jouer son rôle jusqu'au bout s'il voulait en apprendre plus. Il ouvrit la porte avec précaution, n'hésitant pas à frapper à grands coups de pied les monstres qui s'approchaient trop de lui, et déposa au centre la viande plus très fraîche, avant de se hâter de ressortir. Décidément, il venait de tomber dans un endroit bien étrange.

Les jours qui suivirent, il continua de jouer le rôle de l'asservi à la perfection, tout en laissant traîner ses oreilles, à l'ouïe bien plus fine que celle des humains, autant qu'il le put. Les conversations entre les différents êtres humains qui se succédaient dans les couloirs lui confirmèrent qu'il se trouvait bien à l'extérieur du dôme, en plein milieu des terres abandonnées. De temps en temps, ces derniers l'emmenaient, ainsi que plusieurs de ses frères et sœurs, à l'air libre, en revêtant de lourdes combinaisons pour les protéger des pluies acides. Les humains portaient également des masques reliés à de grandes bouteilles d'oxygène pour ne pas respirer l'air toxique ambiant. Lors de leurs expéditions, ils devaient repérer les hordes de zombies qui erraient dans les alentours, pour ensuite les capturer et les ramener dans le bunker où ils vivaient désormais. De l'extérieur, le bâtiment ressemblait simplement à une large habitation carrée de plain-pied, dont les éléments avaient violenté la façade métallique recouverte autrefois d'un revêtement minéral. À côté se trouvait un hangar qu'il n'avait pas encore eu la chance de visiter. La bâtisse semblait être abandonnée. Elle était située à l'intérieur d'un immense cratère et devait donc être difficilement visible depuis l'extérieur. Mais à l'intérieur de l'édifice, des trappes, des rampes et des escaliers menaient dans un dédale de salles et de couloirs en sous-sol où Ysaac passait le plus clair de son temps à « nourrir » ses captures. Régulièrement, d'autres hommes portant des combinaisons encore plus protectrices venaient charger les cages pour les remmener à l'extérieur, mais le jeune robot ne savait toujours pas où ni pourquoi ils les emmenaient malgré son enquête.

Un soir, alors qu'il venait de finir sa journée et qu'il déambulait dans les couloirs (il faisait tellement bien son travail qu'on lui laissait faire à peu près ce qu'il voulait), l'homme à la casquette qu'il avait vu la première fois en arrivant ici vint le trouver.

- Ysaac, mon petit Ysaac, tout se passe bien ? commença-t-il en s'approchant lourdement de l'androïde. Bon, je sais qu'ici ce n'est pas la meilleure des planques, mais on n'y est pas si mal quand même, non ?

Ysaac vit que l'homme à la casquette avait un peu trop bu et qu'il cherchait à lui demander quelque chose.

- En quoi puis-je vous aider, monsieur ? fit-il d'un ton détaché qu'il employait pour faire croire à sa prétendue soumission.

- Tu lis dans mes pensées ou quoi ? ricana l'humain en titubant. En fait, je viens te voir parce qu'aujourd'hui le boss n'est pas là, et c'est lui qui s'occupe de ça, d'habitude… Il m'a refourgué le boulot, mais tu vois bien que je ne peux pas m'en occuper (un hoquet vint appuyer son propos). Alors il faudrait que tu m'aides, et je sais que tu es un de nos meilleurs éléments.

Ysaac savait que ce n'était pas vraiment une requête, mais bien plus un ordre. Il hocha la tête pour signifier son accord et suivit l'homme ivre le long du couloir. Ce dernier l'emmena dans une partie du sous-sol qu'il n'avait jamais exploré, car généralement verrouillée par une lourde porte en métal munie d'un système de contrôle d'accès, alors que les autres étaient simplement pourvues de serrures mécaniques classiques. À l'intérieur, le couloir était richement décoré de tapisseries et de tableaux en tout genre, représentant des portraits, des scènes de la vie quotidienne et même des paysages très anciens, du temps où l'humanité vivait encore en paix avec la planète. Des arbres, de l'herbe, des animaux dont Ysaac ignorait l'existence même en ayant accès à une base de données colossale. Les portes étaient également de beaux ouvrages en bois sculpté. Ébahi par cet environnement, Ysaac traînait quelque peu derrière son guide pour s'extasier devant les illustrations. Ce dernier le rappela rapidement à l'ordre en le sortant de sa rêverie et en le pressant de le rejoindre. Ils arrivèrent devant une énième porte en bois massif dont l'homme à la casquette sortit la clé de sa poche. Elle s'ouvrit sur une grande salle toujours aussi somptueuse, où le charme de l'ancien se mêlait avec les nouvelles technologies. Une partie de la pièce était dissimulée derrière un rideau de velours bordeaux. En face se trouvait un siège en bois massif autour duquel pendouillaient des électrodes et un casque métallique d'où sortait une kyrielle de fils branchés à une immense machine. L'écran du moniteur ainsi que toutes les diodes électroluminescentes étaient éteints. L'homme à la casquette jugea la pièce du regard et s'adressa à l'androïde.

- Alors, tu vois, tu vas faire à peu près le même travail que d'habitude. Sauf que là, après avoir fait manger nos… invitées, tu vas devoir les « soigner », les « coiffer », les « habiller » … enfin les rendre belles quoi, pour le boss. D'habitude, c'est lui qui s'en occupe, mais comme il n'est pas là, bah il veut voir ses princesses toutes belles en rentrant, tu vois ? Bon, je te laisse alors, bon courage !

Il lui confia la clé et l'accès avant de zigzaguer en direction de la sortie, certainement pour rejoindre ses collègues et s'enivrer de plus belle. Ysaac reposa les yeux sur l'épais rideau de velours rouge bordeaux et aperçut un passage entre deux pans de tissus. Il s'approcha et, avec toutes les précautions du monde, écarta le rideau du bout des doigts et découvrit ce qu'il se cachait derrière. Et il rencontra les deux « princesses ».

Chapitre 4 – Le secret

Sur l'écran plat niché au centre de la bibliothèque, un présentateur apparaissait, visiblement dépêché en urgence.

"Nous nous trouvons actuellement devant l'Académie Mélusianne, où des zombies ont attaqué les visiteurs venus pour le grand salon des nouvelles technologies et de l'innovation. Les intrus ont tous été abattus, mais nous déplorons de nombreuses victimes. Actuellement, les forces de l'ordre ont fait état d'une vingtaine de morts et d'autant d'infectés qui ont aussitôt été envoyés en quarantaine au centre des services d'hygiène. La police mène d'ores et déjà une enquête pour savoir comment les créatures ont pu s'introduire dans le dôme, et d'autant plus, dans cette école où, lors du salon, la sécurité avait été renforcée…"

La famille Evans était encore sous le choc. Rosalyne et ses parents venaient à peine de rentrer chez eux que les médias couvraient déjà la terrible tragédie qu'ils venaient de vivre. Assis dans le grand salon aux canapés écarlates, Carrie se posait mille questions, la tête entre ses fines mains.

- Tu ne savais donc rien à propos de ce second dirigeable ? l'interrogea son époux. Leroy ne pouvait pas s'empêcher de faire les cent pas entre le canapé et la bibliothèque. Marcher l'aidait à réfléchir.

- Absolument rien ! s'écria-t-elle. D'après mes collègues, c'était un vieux modèle en réparation dans nos entrepôts, il n'aurait même pas dû être capable de décoller ! Et avec le crash du directeur il y a quelques mois, je crains que l'entreprise n'en prenne un coup. Heureusement qu'il s'en est sorti indemne avec sa famille.

Le présentateur continuait de montrer l'étendue des dégâts qu'avait subis l'académie. Les fourgons remplis d'infectés prenaient la route en direction du Centre, nom donné aux bâtiments de recherche et de quarantaine. Là-bas, d'après les médias, on tentait de les soigner à l'aide de traitements expérimentaux qui ne faisaient jamais leurs preuves.

Toujours est-il qu'aucun infecté ne sortait du Centre vivant. Rosalyne savait qu'elle aurait dû se trouver parmi eux et pourtant…

La jeune fille dissimulait toujours sa blessure sous sa longue robe en taffetas bleue, mais celle-ci lui rappelait sans cesse sa présence en lui envoyant à chaque instant une douleur insoutenable. Elle avait l'étrange impression que quelque chose remontait en elle, à l'intérieur même de ses veines malgré le fait que l'incubation du virus dure plusieurs semaines. Rosalyne devait tout avouer à ses parents au plus vite, car elle deviendrait rapidement elle-même une menace pour sa famille et son entourage. Elle choisit donc de tout leur dire, car, de toute façon, elle savait pertinemment qu'elle était condamnée.

- Papa, Maman, il faut que je vous dise quelque chose.

Les deux regards tourmentés de ses parents se posèrent sur elle avec interrogation. Ils étaient déjà si stressés par la situation, surtout Carrie dont l'entreprise traversait alors une crise à cause de ce vol de dirigeable. Pourtant, devant le visage agité de sa fille, la mère retrouva les traits doux et apaisants qui la caractérisaient et que Rosalyne aimait tant.

- Qu'y a-t-il, ma chérie ? Tu as vu des choses qui pourraient aider la police aujourd'hui ? Nous devrions les mettre au courant au plus vite, tu sais, et cela pourrait t'aider à te sentir mieux.

Rosalyne sentait qu'il devenait de plus en plus difficile de dévoiler son douloureux accident à ses parents. Elle allait devoir les quitter. Tous ces merveilleux moments en famille étaient révolus. Pourtant, il fallait qu'elle protège ceux qu'elle aimait le plus au monde.

- Non, ce n'est pas ça, je…

Sa voix mourut dans un sanglot et Carrie enlaça sa fille dans ses bras. Rosalyne profita un court instant de son étreinte réconfortante avant de se rappeler qu'elle devait déjà être potentiellement contagieuse. Elle repoussa alors doucement sa mère et s'écarta, prit une grande inspiration et se reprit.

- Vous vous souvenez que je suis arrivée un peu après Paul dans la salle de restauration, tout à l'heure ? annonça la jeune fille. Si j'ai tant tardé, c'est parce que j'ai trébuché dans l'escalier et… un…

C'était trop dur, elle-même n'y croyait pas. Cela n'était pas possible. Le dôme les protégeait, il était fait pour cela. La douleur qui lançait dans sa jambe lui rappelait pourtant la triste réalité.

- Il m'a mordu.

À ces mots, l'expression de ses parents vira d'un sentiment de stupeur à une panique qu'ils tentaient difficilement de contrôler. Carrie s'écarta inconsciemment de sa fille alors que Leroy s'interrompit, stupéfait, en fixant Rosalyne d'un regard mêlé d'horreur et de pitié.

- Rosa, non, pas toi ! s'exclama Carrie les larmes aux yeux. Où t'a-t-il mordu ? Montre-nous.

Rosalyne releva le bas de sa robe pour dévoiler son bandage de fortune pendant que son père attribuait toutes les insultes possibles aux auteurs de cette attaque de zombie-terrorisme, comme ils venaient de l'appeler à la télévision, bien que personne ne connaisse leurs identités. Carrie s'approcha pour jauger de la gravité de la blessure, avant de quitter la pièce d'une démarche décidée. Elle revint quelques instants plus tard avec une trousse de secours d'où elle sortit des compresses stériles, du désinfectant ainsi qu'une paire de gants, puis se tourna vers sa fille.

- Maman, tu ne devrais pas toucher, c'est peut-être encore contagieux…

- Le virus se transmet de la salive du zombie au sang, ou à partir de sang infecté. Voilà pourquoi je porte des gants. Et puis si on ne désinfecte pas cette vilaine morsure, tu mourras beaucoup plus vite en ayant attrapé une infection.

Rosalyne était surprise du calme que sa mère affichait, même si elle savait que ce n'était qu'une façade.

- Enfin, Carrie, ce n'est pas comme si elle était simplement tombée d'un vélo ! explosa Leroy. Elle est dangereuse désormais. Elle pourrait très bien s'attaquer à nous, au voisinage, à ses camarades ! Je ne vois d'autres solutions que de la dénoncer aux services d'hygiène.

Malgré l'apparente raison de son père, la jeune fille sentit dans la fébrilité de sa voix des sanglots qu'il tentait vainement de contenir. Elle était leur seule fille, leur seule et unique enfant et ils étaient sur le point de la perdre.

- Nous avons encore le temps ! continua-t-elle en finissant de bander la plaie. J'ai discuté avec le père de Paul à ce sujet il y a quelque temps, il travaille au Centre. D'après lui la « mutation » ne vient qu'environ un mois après la morsure. D'ici là, nous pourrions trouver une solution…

- Une solution ? Et quelle solution ? Il n'existe encore aucun traitement ! Malgré toute la bonne volonté qu'on y mettra, il n'y a aucun moyen de la sauver ! s'écria-t-il.

Rosalyne n'en pouvait plus. Ses parents se disputaient maintenant à cause d'elle, même s'ils ne désiraient qu'une seule chose, pouvoir la sauver. Elle décida de couper court à la conversation.

- Le mieux serait que j'aille moi-même me présenter aux services sanitaires, déclara alors la jeune fille, l'air résigné. Je monte préparer mes affaires.

Elle se leva en réfléchissant à ce qu'elle pourrait bien emporter là-bas. De toute façon, elle deviendrait un cobaye, comme tous les autres, un objet sans aucune propriété ni aucun droit. Rosalyne décida seulement d'enfiler des vêtements plus confortables, ceux qu'elle préférait, histoire de rester fidèle à elle-même dans son dernier voyage.

- De toute façon, si tu te dénonces maintenant, tous ceux qui étaient dans la salle restaurant seraient soupçonnés d'être infectés aussi, même si personne ne t'a touchée là-bas, poursuivit son père lorsqu'elle fut de retour. Je pense que c'est trop tard. Tu pourrais rester ici et, quand le moment critique approchera…

Leroy ne termina pas sa phrase, mais les deux femmes comprirent. Les yeux rivés sur le sol, tous cherchaient désespérément une solution pour résoudre ce drame ou pour lui trouver une fin plus douce.

- On pourrait peut-être lui amputer la jambe ? suggéra sa mère d'un air peu convaincu. Et lui concevoir une prothèse biomécanique.

- Cela ne servirait à rien. Elle a été en contact direct avec le virus, tout son corps est potentiellement contaminé. Ce n'est pas pour rien que les services d'hygiène ne cherchent même pas à comprendre où les victimes ont été mordues. Non, c'est tout le corps qu'il faudrait remplacer…

À ces mots, Leroy releva son regard sur sa fille d'un air songeur. Puis une étincelle vint animer ses yeux et il quitta la pièce en trombe. Il revint quelques minutes plus tard, les bras chargés de documents et de son ordinateur portable.

- Chéri, tu crois vraiment que c'est le moment de penser au travail ? lui demanda sa femme d'un ton las.

- C'est exactement le moment, au contraire ! dit-il avec empressement. Je pense avoir une idée qui pourrait nous sortir de ce pétrin, et qui offrirait à Rosalyne encore de longues années ! Mais ne nous enflammons pas encore, ce n'est encore qu'à l'état expérimental.

Les deux femmes de sa vie, intriguées, lui demandèrent de s'expliquer et il s'exécuta. Son idée était révolutionnaire, incroyable, peut-être même impossible… tout comme il était impossible de voler dans le ciel des siècles et des siècles auparavant.

Chapitre 5 – Le contact

« Deux nouvelles attaques cette semaine

Après l'incident survenu à l'Académie Mélusianne samedi dernier lors du grand salon des nouvelles technologies et de l'innovation, qui a fait une vingtaine de morts et autant d'infectés, deux nouvelles attaques ont été recensées à l'intérieur de notre dôme. La première a eu lieu sur la place de la mairie où de nombreux citoyens s'étaient rassemblés afin d'écouter les dispositions que prendrait le gouverneur. En plein milieu du discours de Bayron Eudon, un zeppelin est venu se poser à proximité de la foule puis des hommes vêtus de combinaison ont commencé à décharger des caisses remplies de zombies avec une rapidité et une efficacité sans précédent avant de s'enfuir. Les forces de l'ordre se sont empressées de contenir la foule et d'éliminer les intrus. On ne déplore cette fois aucune perte sérieuse, seulement quelques infectés qui ont été pris en charge par les services d'hygiène afin d'être soignés. Un incident similaire a eu lieu jeudi dans la soirée rue de la Villette, pendant le traditionnel marché nocturne. Les créatures ont fait deux victimes avant d'être stoppées par les policiers. Devant cette multiplication d'attentats aux zombies, le commissariat central recommande à tous les citoyens du dôme 348 d'éviter au maximum les rassemblements de foules qui pourraient être des cibles potentielles. Une enquête a été ouverte depuis la première attaque, notamment auprès de la société Pawell & Co dont les appareils ont été utilisés pour perpétrer ces attentats. Leurs services ont déclaré le vol de deux dirigeables en cours de rénovation dans leur atelier au cours des deux dernières semaines. Le président de la compagnie, M. Hatchwork, affirme faire tout son possible pour aider les enquêteurs et regrette profondément que ses produits soient utilisés pour semer la terreur dans nos rues.

La gazette du dôme 348 »

Le journal traînait sur le bureau de Leroy Evans, mais il ne l'avait encore lu qu'en diagonale. Depuis l'annonce de sa fille, lorsqu'il n'était pas au centre de recherche de Cloud Technology, il passait son temps cloîtré dans son bureau, dans le manoir Evans. Rosalyne et Carrie se gardaient bien de le déranger tant il se concentrait à offrir une seconde vie à sa précieuse descendance.

Sur le papier, la solution semblait idéale. Il suffisait de transférer les données cérébrales humaines, c'est-à-dire son caractère, ses humeurs, ses souvenirs, ses connaissances... de les sauvegarder dans un superordinateur pour ensuite les transférer à l'intérieur d'une enveloppe artificielle, sous la forme d'un robot humanoïde à l'apparence exacte de la jeune fille. Une équipe d'ingénieurs avait développé quelques années auparavant un système qui s'en rapprochait, permettant de collecter et sauvegarder les connaissances de très vieux scientifiques ainsi que leur fonctionnement logique afin de les stocker dans de gigantesques bases de données pour préserver tout ce précieux savoir de l'oubli. Ainsi, Leroy reprenait assidûment toutes les études disponibles sur le sujet qui pourraient l'aider pour développer le système de transfert. Carrie quant à elle avait pris tous ses jours de congés pour démarrer l'élaboration du robot, les articulations de ses bras, de ses jambes... Avant de travailler dans le domaine des machines volantes, elle étudiait elle aussi les robots humanoïdes dans l'entreprise de son époux, leur permettant ainsi de se rencontrer. Après la naissance de Rosalyne, elle avait décidé de changer d'emploi pour se rapprocher de ce qui la passionnait depuis toute petite, les machines volantes. Toutefois, en tant que bonne ingénieure, elle gardait de grandes connaissances en robotique et pouvait ainsi participer activement à la renaissance de sa fille.

Comme pour s'ajouter à l'ironie de la situation, la société où travaillait Leroy, Cloud Technology, venait de se faire voler une bonne dizaine de robots humanoïdes d'une valeur inestimable, le mettant en quelque sorte au chômage technique pendant un certain temps. Cela permettait à l'ingénieur de passer plus de temps sur ses recherches, mais lui avait donné un sérieux coup au moral. Parmi ces robots, nombre d'entre eux le considéraient comme leur père. Il avait tant travaillé à leur élaboration et à leur développement. Mais le paternel essayait de ne pas se laisser déconcentrer, car il avait un autre enfant à sauver.

Rosalyne manqua quant à elle une semaine de cours pour ne pas risquer de contaminer ses collègues de promotions, puis les vacances d'été arrivèrent. De toute façon, l'école avait dû fermer quelques jours après l'attentat, le temps que les enquêteurs fassent leur travail et que les lieux soient nettoyés. Elle n'avait donc pas raté grand-chose. Elle avait raconté à son ami Paul qu'elle était clouée au lit à cause d'une vilaine grippe, même en été, et qu'elle serait de nouveau sur pied dans quelques semaines, du moins c'était ce qu'elle espérait. Chez elle, elle portait toujours ses vêtements habituels de travail, recouvrant une bonne partie de sa peau, mais venait s'ajouter à sa tenue un large masque dissimulant son nez et son visage ainsi qu'une paire de gants, le tout à usage unique, afin de ne pas risquer de contaminer ses parents.

Alors qu'elle apportait précautionneusement un encas à son père, préparé par Carrie, dans son bureau, elle scruta ses diverses notes sans oser y toucher, de peur de défaire le bazar organisé de l'ingénieur. Son niveau d'étude lui permettait déjà de comprendre certains documents, elle voulait aider son père autant qu'elle le pouvait.

-    Est-ce que tu pourrais m'apporter des livres qui se trouvent dans la bibliothèque du salon ? lui demanda-t-il alors.

Il lui donna une liste d'ouvrages qu'elle s'empressa d'aller lui chercher. Elle posa la pile de livres sur une table à côté du bureau de son père, mais celui-ci n'y fit finalement pas attention, beaucoup trop absorbé par son travail. Rosalyne savait que ces ouvrages ne lui seraient d'aucune utilité, que c'était seulement un stratagème pour l'occuper, pour qu'elle se sente utile, le temps que son père trouve une solution pour la préserver de son putride destin.

La jeune fille allait quitter la pièce quand elle vit l'écran de l'ordinateur de son père s'animer de façon étrange. Alors qu'il travaillait dessus, Leroy lui-même ne comprenait pas ce qui se passait et étouffa un juron lorsqu'il vit qu'il ne contrôlait plus la machine. Une fenêtre de texte vide au fond noir apparut alors, puis quelques mots incomplets vinrent s'inscrire progressivement en première ligne.

- *Ler... ici... aac*

L'ingénieur tenta alors de cliquer sur la fenêtre et vit qu'il pouvait interagir sous forme de texte. Il entra alors les commandes classiques pour pallier aux problèmes courants qu'il rencontrait parfois sur son ordinateur, mais rien ne se passa. Il recevait toujours le même message, à peu de chose près :

- *Ler... saac*

Instinctivement, Rosalyne prit le clavier de son père et tenta innocemment de communiquer avec l'ordinateur. Ses doigts glissaient sur les touches à cause de ses gants, mais elle parvint tout de même à inscrire :

- *Quoi ?*

Quelques secondes passèrent et la fenêtre sautilla, feignant de se refermer pour réapparaître nette sur l'écran. Un nouveau message s'inscrivit, plus explicite :

- *Leroy ? Ici Ysaac.*

Rosalyne se tourna vers son père.

- Ysaac ? Ça te dit quelque chose ?

Leroy n'eut pas besoin de plus d'une demi-seconde pour se souvenir du dénommé Ysaac. C'était son dernier né, sa dernière création. Enfin celle de son équipe d'ingénieurs chercheurs. Le modèle d'androïde le plus élaboré de tous les temps, autonome, capable d'empathie, une merveille de technologie et d'humanisme, une révolution.

- C'est le dernier robot que nous avons conçu, expliqua-t-il à sa fille en lui donnant tous les détails. Mais il a disparu lors du transfert du matériel jusqu'à nos nouveaux locaux. Je croyais qu'il avait été oublié dans la réserve ou dans l'ancien bâtiment, mais j'ai cherché en vain. Il a dû être volé, comme les autres. Et bien sûr, son émetteur a été coupé.

Retournant à son écran, il poursuivit la discussion avec l'androïde.

- *Ici Leroy. Où es-tu ?*

Quelques secondes plus tard, un nouveau message s'afficha sur l'écran.

- *Leroy ! Nous sommes à l'extérieur du dôme, dans les terres interdites. Des frères sont avec moi. Pourquoi suis-je ici ?*

- *Tu ne devrais pas être ici, mais dans le nouveau complexe de Cloud. Que fais-tu là-bas ? Y a-t-il des humains là où tu es ?*

- *Il y en a quelques-uns, mais il y a surtout des robots comme moi. Et des zombies dans des cages. Nous les chassons à l'extérieur et nous les nourrissons sur ordre des humains. Je leur fais croire qu'ils m'ont asservi à l'aide d'un programme pirate, mais je leur ai bloqué l'accès à mon système.*

- *Bien joué ! Mais... chasser et élever des zombies ? Pour quoi faire ? Peux-tu m'envoyer tes coordonnées ? J'enverrai une équipe vous chercher.*

- *C'est plus complexe que ça, mais je vous les envoie dès que possible. Et je vous recontacte quand j'en apprendrai plus. Je dois vous laisser, ils reviennent. Je...*

La fenêtre se referma, comme s'il ne s'était jamais rien passé. Rosalyne et Leroy se regardèrent, interdits.

- Nourrir des zombies ? répéta Leroy.

- Cela a peut-être un rapport avec l'attaque de l'académie, poursuivit Rosalyne à travers son masque.

- C'est fort probable, acquiesça son père. Nous devrions alerter les autorités, mais nous n'avons aucune preuve.

- Peut-être que la conversation a été conservée dans ton ordinateur.

Leroy pianota rapidement, mais ne trouva aucune trace de ce qui venait de se passer.

- Il faudrait que je fouille plus dans le système, mais nous n'avons pas le temps. Nous n'avons plus que trois semaines, et encore si l'on est optimiste, avant que... bref, la priorité, c'est toi. Ysaac a dit qu'il me recontacterait, de toute façon.

- Je vais te laisser travailler alors, lui dit-elle avec un sourire qu'elle voulait joyeux.

Habituellement, à ce moment-là, Leroy aurait déposé un baiser sur le front de sa fille, en signe d'amour et de protection. Au lieu de ça, il lui envoya un baiser dans l'air et la contempla alors qu'elle se dirigeait vers la porte de son bureau. Pour lui, elle restait la plus belle, même si son teint devenait de plus en plus pâle au fil des jours. Il aimait sa fille plus que tout et il était bien décidé à la sauver.

Chapitre 6 – La métamorphose

La chair de Rosalyne se putréfiait. Sa peau d'origine rose clair virait désormais en des nuances de gris terne et se craquelait en de nombreux endroits. Enfin quand elle restait encore accrochée au reste de son corps. Ses cheveux ne poussaient plus et tombaient par poignées. La jeune fille ressentait des douleurs dans toutes les parties de son corps. La maladie prenait le dessus petit à petit et la jeune fille devenait l'ombre d'elle-même. Heureusement, si l'on pouvait le dire, la plus grande partie de sa décomposition s'était produite pendant les vacances. Au début Rosalyne paraissait seulement malade et fatiguée, mais personne n'avait encore découvert son terrible secret, d'autant plus qu'elle évitait toute interaction. Elle se devait donc de revenir à la rentrée en pleine forme, et accessoirement composée de métal.

Ses parents lui avaient interdit de pénétrer dans leur atelier depuis qu'ils travaillaient sur son "nouveau corps", de peur qu'elle ne veuille leur demander de changer ceci ou cela, dans sa coquetterie juvénile comme ils l'appelaient. Leur projet était de reproduire son apparence exacte, premièrement pour qu'elle ne soit pas encore plus perturbée d'être dans une enveloppe mécanique et pour qu'elle puisse ainsi continuer sa vie comme si de rien n'était.

Le corps devait être prêt la semaine suivante et l'attente serait longue. Rosalyne contemplait chaque jour les morceaux de peau qui se détachaient d'elle et laissaient voir ses tissus vitaux, impuissante. Ses amis lui envoyaient sans cesse des messages, lui proposant de sortir, d'aller voir un film, mais elle prétextait toujours quelque chose, un rendez-vous professionnel pour un stage, des projets personnels et une grippe très contagieuse.

Au milieu de la semaine, aux alentours des deux heures du matin, elle sentit quelque chose monter en elle, comme si elle allait exploser de l'intérieur. Rosalyne savait pertinemment ce qui était en train de se passer. Elle se redressa difficilement en écartant ses couvertures et cria aussi fort qu'elle le put pour prévenir ses parents que la fin approchait.

- Maman ! Papa !

Pas de réponse.

Rosalyne se fondit alors aussi vite qu'elle le put dans les escaliers, manquant de s'effondrer à chaque marche, pour finalement atteindre la porte de leur chambre. Au moment même où ils virent leur fille unique, leurs regards stupéfaits et terrifiés ne firent qu'accroître le mal être de leur enfant. Leroy et Carrie sortirent précipitamment du lit et tous trois foncèrent jusqu'au laboratoire.

- Oh mon Dieu, ma chérie ! Le robot est prêt, mais nous n'avons pas encore testé la machine de transfert… commença son père, affolé, pendant qu'il s'installait dans une petite pièce vitrée séparée du laboratoire, où se trouvait le pupitre de commande.

- Au diable les tests ! continua sa mère, résignée à la faire vivre. De toute façon, il n'y aura pas de seconde chance.

Elle essayait de rassurer sa fille, sans la toucher directement, tout en l'installant dans le caisson de transfert.

- Tu vas vivre, Rosalyne, je te le promets.

Malgré toute la bonne volonté de Carrie, la jeune fille percevait dans sa voix qu'elle n'en était pas tout à fait certaine. Son corps bouillonnait. Des spasmes la secouaient à intervalle régulier, de plus en plus fréquents, malgré ses efforts pour se tenir tranquille une fois harnachée dans le caisson.

Rosalyne avait peur. D'abord parce qu'elle ne savait pas si le transfert allait fonctionner et ses parents non plus. Ensuite parce qu'elle avait peur qu'en cas d'échec, elle se mette elle-même à vouloir dévorer son père et sa mère même s'ils avaient tout prévu. Le caisson était censé détruire son enveloppe charnelle une fois la tentative effectuée. Devenir un zombie ou mourir, c'était vite choisi. Même si la vie de zombie pouvait paraître simple, douce et insouciante, mangeant un bout de cerveau par ci, courant désespérément après les voisins pour leur croquer les fesses par-là, la seule idée de faire du mal à ses semblables, à sa famille, la terrifiait. De toute façon, les autorités auraient tôt fait de l'exécuter sans état d'âme, sort réservé à tous les zombies et ceux en devenir. Elle avait déjà échappé à la "quarantaine" réservée aux infectés qui consistait tout bonnement à une vie de cobaye avant la dégénérescence totale, puis à l'exécution. Il fallait que cela réussisse.

Après un dernier baiser à distance, Carrie rejoignit Leroy dans la salle d'à côté, séparée par une grande vitre à toute épreuve. Rosalyne pouvait observer autour d'elle par la vitre du caisson. La totalité du laboratoire était dans un désordre sans nom, elle reconnaissait bien là l'organisation anarchique de son père. Des outils et pièces détachées en tout genre traînaient çà et là, sur le sol comme sur les bureaux, certaines encore dans leur emballage. Des feuilles remplies de notes incompréhensibles étaient disséminées sur les différents appareils. À la gauche de la jeune fille, le second caisson qui contenait son corps artificiel était recouvert d'une fine couverture, maigre protection au cas où il lui aurait pris l'envie de descendre au laboratoire. Carrie n'avait pas pris le temps de l'ôter dans sa précipitation. Rosalyne ne pouvait donc pas voir à quoi elle allait ressembler, si cela marchait.

La jeune fille voyait cependant son père pianoter nerveusement sur son pupitre de commande, entrant tous les paramètres nécessaires. Ses deux parents étaient encore en pyjama, anxieux, et devaient dans l'urgence utiliser une machine non testée, ce qui n'était pas dans leurs habitudes de scientifiques. De plus, cette même machine devait sauver leur propre enfant. Réalisant que c'était peut-être la dernière fois qu'elle les voyait, Rosalyne essaya d'imprimer dans son esprit chaque détail de leurs visages, de leurs physionomies, de ce qu'ils représentaient pour elle, pour l'emporter avec elle dans l'au-delà, s'il existait.

- Tous les paramètres sont rentrés. Tu es prête ? Est-ce vraiment l'heure ?

La voix de Leroy tremblotait. Rosalyne acquiesça de la tête, affirmation tout de suite approuvée par un violent spasme qui fit trembler le caisson.

- Très bien. À tout à l'heure !

Sa voix se voulait rassurante, mais la jeune fille savait pertinemment qu'ils avaient aussi peur qu'elle. Elle entendit la machine se mettre en marche, des lumières se mirent à clignoter tout autour d'elle. Rosalyne sentit l'électricité passer à travers le caisson et les électrodes que sa mère lui avait connectées un peu partout.

- Attention… Transfert !

Plus rien. Noir total. Rosalyne ne savait plus où elle était ni ce qu'elle faisait ni à quoi elle pensait. À ce stade, les données de son esprit, sa personnalité, ses souvenirs devaient être convertis en signaux électriques puis transférés dans son nouveau corps mécanique. Ses parents lui avaient appris que le transfert devait durer environ vingt secondes maximum. Pourtant, elle avait la triste impression que cela lui paraissait une éternité. Était-elle morte ?

Aucune lumière blanche, aucun ange pour l'accueillir. Juste le néant, ses réflexions pour seule compagnie. Si c'était ça la mort, quel repos éternel ennuyant, pensa-t-elle. Elle comprenait alors le désir d'immortalité de certains savants fous et de magiciens qu'elle avait rencontrés dans ses livres, plus jeune.

Puis, elle aperçut enfin une lumière blanche. Faible, émanant d'une petite fente. Rosalyne fonça vers elle, autant que le peut une conscience seule et sans jambe. Puis elle atteignit enfin cette lueur. Elle prit alors conscience qu'elle sentait des jambes, des bras… le transfert avait fonctionné !

Rosalyne ne sentait plus aucune douleur, mais une immense raideur dans ses muscles. Enfin, ce qui en faisait désormais office.

Dans un effort extrême, elle parvint à ouvrir ses nouvelles paupières. Une faible lumière régnait dans le caisson, atténuée par la couverture posée dessus. L'androïde entreprit alors de l'ouvrir pour en sortir. La lumière l'aveugla alors et le temps qu'elle s'y accoutume, elle se vit en train d'essayer de briser la vitre la séparant de ses parents qui n'avaient pas encore remarqué le mouvement du robot. Leroy et Carrie avaient devant eux ce qui restait de leur fille, la chair de leur chair, métamorphosée en une créature affamée et sans aucune pitié. Rosalyne pouvait voir des larmes couler sur leurs visages. Ils pensaient avoir échoué et devaient maintenant en terminer avec ce qui fut autrefois leur unique enfant, aujourd'hui réduit à l'état de chair en putréfaction.

Dès qu'ils aperçurent l'être de métal sortir du caisson, leurs regards s'illuminèrent. Carrie se précipita au pupitre et alluma le micro et les haut-parleurs pour parler à sa fille.

- Rosalyne ! Grâce au ciel !

En face, le zombie s'excitait de plus belle. C'était une situation étrange pour la jeune fille de voir ainsi son propre corps comme possédé par quelque sorte de démon. La créature essayait de casser la vitre pour manger leurs propres créateurs, du monstre comme du robot.

- Ce que je vais te demander maintenant va être difficile. Il faut que tu élimines ce zombie. Nous ne pouvons pas l'approcher, il risquerait de nous contaminer. Trouve quelque chose. Il faut viser la tête, le cerveau.

Rosalyne examina rapidement son environnement. La créature continuait de frapper frénétiquement sur la vitre, se désintéressant complètement de l'androïde. Elle ne sentait pas la chair humaine et ne représentait plus qu'un meuble à ses yeux. La jeune fille chercha une arme potentielle dans son environnement, bien décidée à mettre fin à ses jours. Elle mit la main sur une grande barre métallique qui traînait sur le sol en remerciant le ciel que son père soit si désordonné. Rosalyne essaya d'interpeler le zombie, mais son double originel ne se retournait toujours pas. Tendant la barre à bout de bras, elle essaya de le toucher de loin pour le faire se retourner et s'éloigner de la vitre. Bien qu'elle ne soit plus contaminable par le virus, elle avait peur de ce que cette chose pourrait faire, traumatisme certainement causé lors de la morsure.

Cela agaça finalement le zombie qui se tourna vers l'être mécanique. Cette situation lui semblait irréelle : Rosalyne se contemplait de l'extérieur. Certes, dans un état de décomposition avancée, mais c'était ce qu'elle fut quelques minutes plus tôt, elle reconnaissait ses cheveux, ses yeux bleus, son nez fin hérité de sa mère, sa silhouette menue. Elle devait s'affronter elle-même, ce qu'elle n'était plus, elle devait détruire cette chose.

La voyant ainsi armée, le zombie comprit ce qu'elle s'apprêtait à faire. Il se jeta sur elle sans ménagement et ouvrit une large mâchoire pour tenter de la mordre. Rosalyne se défendait tant bien que mal avec son arme de fortune, essayant de lui asséner un coup sur le crâne, mais la créature esquivait toujours ses attaques en donnant des coups de dents de plus en plus vigoureux.

Le zombie avait fini par la pousser dans un coin de la pièce, elle était prise au piège. Rosalyne tenait sa bouche à distance quand elle eut un éclair de lucidité. Relâchant la tension de ses bras, l'androïde laissa le zombie la mordre au niveau de l'épaule. Les quelques dents qui n'étaient pas encore tombées de sa mâchoire s'enfoncèrent dans sa peau artificielle. L'androïde sentait la douleur monter en elle, que des capteurs envoyaient à son ordinateur cérébral, attestant le magnifique ouvrage de ses parents. Elle profita de ce bref instant pour saisir la barre métallique avec ses deux mains et lui affligea de toutes ses forces un coup sur le haut du crâne, accompagné d'un bruit sourd. Le zombie relâcha sa victime et s'éloigna en titubant, sonné. Tirant parti de l'incompréhension de son corps d'origine, Rosalyne s'acharna sur la tête de la créature, dans une furie qu'elle ne se connaissait pas.

La cervelle en bouillie, son ancienne silhouette gisait désormais à terre dans une flaque de sang et d'autres substances immondes. Rosalyne venait d'en finir avec cette horrible créature. Rosalyne venait de s'assassiner.

Chapitre 7 – Une nouvelle vie

Les membranes constituant les paupières de Rosalyne s'ouvraient doucement sur sa nouvelle vie. La nuit précédente, elle était morte, et de ses propres mains. Pourtant, grâce aux talents technologiques de ses parents, elle avait aujourd'hui une seconde chance. Après son transfert, toute la famille Evans n'avait pas fermé l'œil de la nuit. Leroy et Carrie vérifiaient que la nouvelle enveloppe de leur fille fonctionnait bien, testant ses organes robotisés un par un. Puis il fallut trouver une solution pour le corps sans vie qui gisait toujours dans une mare de sang et d'autres substances immondes sur le sol du laboratoire. Les deux adultes ne pouvaient pas le toucher à cause du risque de contagion encore élevé, ce fut donc Rosalyne qui dut commencer par le porter à l'extérieur de l'atelier. Il devait être alors sept heures du matin. Le soleil artificiel se levait timidement sur la paroi interne du dôme annonçant une journée agréable.

C'est à ce moment-là, alors que les parents de Rosalyne étaient encore exténués et toujours en pyjama, que Rosalyne s'adaptait à sa nouvelle cinématique et qu'elle portait un macchabée dans les bras, que son ami Paul décida de passer la voir à l'improviste. Le jeune homme se faisait du souci de la savoir toujours cloîtrée chez elle avec une vilaine grippe depuis le début des vacances.

- Hé, il y a quelqu'un ? cria-t-il en s'acharnant sur la sonnette, impatient comme à son habitude.

Les Evans échangèrent des regards paniqués, puis les deux femmes commencèrent à s'élancer dans la cuisine, laissant Leroy s'occuper de cet invité surprise. Ce dernier n'attendit pas qu'il l'accueille comme il se doit et s'engouffra dans la maison dès que la porte lui fut ouverte.

- Bonjour Monsieur Evans, je voulais voir votre fille, mais…hein?

Rosalyne passait tout juste la porte, une fraction de seconde trop tard. Paul avait vu sa tête – enfin, celle du cadavre dans ses bras – ensanglantée et affichant une grimace d'agonie avec les restes de son visage. Même si le corps sans vie ne ressemblait plus beaucoup à la jeune fille, aussi abîmé et désarticulé qu'il fût, Paul avait reconnu ce qui fut autrefois sa meilleure amie. Il fonça donc à la poursuite de l'androïde, suivi par Leroy.

- Mais, Rosalyne, enfin ? Que s'est-il passé ?

Choqué, il avait toujours les yeux rivés sur le corps et ne s'attarda pas sur la personne qui le portait. Rosalyne était de dos, il ne voyait donc que des membres dépasser de chaque côté de son corps faussement organique.

- Paul, ce n'est pas ce que tu crois…

Rosalyne se tourna, le jeune garçon leva enfin les yeux vers la jeune fille et cru voir double. Il fit un pas en arrière et buta contre Leroy, qui lui bloquait le passage pour empêcher une éventuelle fuite inopinée.

- Viens avec nous, lui intima Carrie d'une voix douce, mais autoritaire. Nous allons tout t'expliquer.

Paul ne comprenait pas ce qui se passait et restait sur ses gardes quand ils s'installèrent tous les quatre dans la cuisine. Rosalyne ne savait plus quoi faire. Paul était certes son meilleur ami, mais elle ne savait pas si elle devait lui avouer son secret. D'autant plus que le père du jeune homme travaillait au sein du service d'hygiène, dans le centre de recherche sur le virus zombifiant. Des paroles maladroites devant le biologiste et toute la famille Evans aurait la police sur le dos, pour non-respect des normes d'hygiène et hébergement d'une personne infectée sous leur toit.

- Bon, maintenant qu'il est là, autant tout lui dire, Rosalyne, trancha enfin Carrie, qui étendait une grande nappe sur le sol pour y cacher le cadavre.

- Tout me dire ? Comment ça ? Rosalyne est morte ! dit-il en les voyant enrouler le tissu autour du corps. Et maintenant elles sont deux ? Expliquez-moi, bon sang !

Le jeune homme était toujours aussi paniqué. Une fois que les deux femmes eurent fini de dissimuler le corps, toute la famille s'assit autour de la table de la cuisine et invita Paul à faire de même. Ce dernier, toujours aussi méfiant, préféra rester debout, les yeux rivés sur la silhouette enroulée dans le tissu fleuri. Rosalyne leva doucement les yeux vers son meilleur ami, soucieuse, et commença à tout lui expliquer. Elle débuta par le jour où elle s'était fait mordre, lors du Salon des Nouvelles Technologies à l'Académie Mélusianne. Puis elle continua par lui raconter comment elle était devenue petit à petit un monstre immonde et elle s'excusa de ne pas l'avoir mis dans la confidence. Enfin, elle et ses parents lui expliquèrent comment ils étaient parvenus à la sauver en faisant ce qu'elle était aujourd'hui, un robot humanoïde doté d'une âme humaine authentique. Une machine inédite, de toute dernière génération.

Paul accusa le coup, cela faisait de nombreuses informations à assimiler d'un seul coup pour le jeune homme. Il regretta que son amie ne l'ait pas mis au courant de la situation plus tôt, mais il comprenait toutefois sa position délicate ainsi que celle de ses parents.

- Voilà, maintenant tu sais tout ! termina Rosalyne, guettant la réaction de son ami.

- Et bien, c'est tout bonnement incroyable ! continua-t-il, partagé entre l'émerveillement d'une prouesse technologique pareille et le dégoût de se trouver aussi près d'un cadavre de zombie. En tout cas, je suis heureux que tu ailles bien, dit-il à la jeune fille, même si j'aurais aimé pouvoir t'être d'une quelconque aide.

- Si tu veux m'aider, j'espère que tu as une idée pour nous débarrasser de ça, dit-elle en désignant d'un coup de tête le rouleau à quelques mètres de la table.

Paul réfléchit un instant.

- Nous pourrions l'incinérer, dit-il.

- Je doute que les pompes funèbres acceptent de s'occuper d'un corps de zombie, intervint Carrie. Et nous ne connaissons personne dans le milieu pour pouvoir accéder à un four crématoire.

- Et le brûler dans le jardin est une mauvaise idée également, dit Leroy. Les capteurs du dôme auront tôt fait de détecter la fumée et de nous envoyer les pompiers. Il est interdit de brûler ses déchets végétaux sans autorisation, et cela met des mois à faire toute la paperasse…

- Il y a toujours les camions des éboueurs, reprit Paul. Ils ont un four intégré, et quel four ! Même les ossements en fondraient ! Et en général, s'ils retrouvent un squelette à l'intérieur, les services de police sont tellement occupés avec les attaques de zombie terroriste qu'ils classeront le dossier en décès d'un clochard qui dort dans une poubelle !

- C'est risqué, et cela ne m'enchante pas vraiment, mais je dois avouer que c'est la seule solution que l'on ait. Je n'ai vraiment pas envie de garder cette… enfin voilà, plus longtemps.

- En revanche, ajouta Carrie, je pense que mettre le corps directement serait trop visible. Il va falloir le couper en morceaux. Et je pense que tu es la seule à pouvoir le faire, Rosalyne, car il est peut-être toujours contagieux.

Rosalyne soupira. Elle avait déjà vécu un enfer lors de sa lutte avec la créature. Pourtant, la jeune fille savait que sa mère avait raison. Elle se leva donc et partit à la recherche des outils de son père.

Deux heures plus tard, le camion des éboueurs s'éloignait dans la rue sans connaître la nature de son macabre chargement. Rosalyne épiait par la fenêtre de sa chambre le véhicule et les deux employés qui s'y accrochaient. Ils ne s'étaient rendu compte de rien. Paul la rejoignit, même si le jeune homme n'osait pas encore trop s'approcher d'elle.

- Tu peux venir, lui dit-elle, le regard toujours absorbé par l'extérieur. Je suis peut-être devenue une machine, mais je suis restée ta meilleure amie. Et surtout, je ne risque plus de te manger ni de te contaminer !

- Je voulais juste te demander comment tu te sentais.

- Aussi bien que peut aller une jeune fille mécanique qui vient de mutiler son propre cadavre ! lui répondit-elle avec un sourire triste.

- Je ne parlais pas exactement de ça, même si ça a dû être très dur. Comment te sens-tu dans ce corps, en tant que robot ?

Le jeune homme était à la fois émerveillé et effrayé par son amie. Une machine… Cela défiait toutes les connaissances qu'il avait acquises lors de ses études. Même s'il savait que les esprits des grands scientifiques, ou du moins leurs copies avaient été conservés dans de gigantesques ordinateurs, il ne pensait tout bonnement pas possible de transférer tout ce qui fait de l'homme un être à part, avec ses réflexions, son caractère, ses particularités et surtout ses émotions. Quant à Rosalyne, elle n'arrivait pas encore à mettre des mots sur ce qu'elle ressentait. C'était comme avoir de nouveaux vêtements qui lui couvraient tout le corps, qui étaient son corps. Comme si ses muscles n'avaient pas fonctionné pendant des siècles. Elle éprouvait de légères douleurs, mais elle savait que ce n'était que des informations transmises à l'ordinateur qui lui servait de cerveau. Ses parents avaient tenu à continuer de lui faire ressentir cette sensation qui permettait à l'être humain de se protéger et d'éviter de se mettre dans des situations périlleuses. Leur fille était déjà assez téméraire comme cela.

- Ça va, lui répondit-elle simplement. C'est juste un peu… différent. Je ne saurais pas vraiment comment décrire ça.

- D'accord, fit Paul. En tout cas, sache que s'il y a le moindre problème, je suis là. J'aurais aimé que tu me dises plus tôt ce qui t'arrivait, mais on ne va pas réécrire le passé. Et maintenant, que vas-tu faire ?

- Je vais reprendre les cours comme si de rien n'était. Et je ferai attention de ne pas tomber en panne de batterie en plein pendant un cours de M.Wright !

Ils rirent ensemble en s'imaginant la scène. Cela leur faisait un bien fou de relâcher la pression après cette nuit difficile. Tout serait différent, une nouvelle vie, une seconde chance s'offrait à Rosalyne. Et elle savait ce qu'elle voulait en faire.

Chapitre 8 – Connectés

Dans les couloirs de l'académie, Rosalyne s'efforçait de paraître la plus normale possible. Pourtant, elle n'avait pas à s'en faire, tant l'androïde ressemblait en tout point à son ancienne enveloppe corporelle. Seul Paul était au courant de la nouvelle condition artificielle de son amie. Les autres élèves ne faisaient pas plus attention à elle que d'habitude, ce qui soulagea la jeune fille.

Rosalyne appréciait d'autant plus chaque instant supplémentaire qui lui avait été offert qu'elle savait qu'elle aurait dû mourir quelques semaines plus tôt. Tout paraissait plus beau, plus agréable. Ses capteurs étaient pourtant conçus pour lui envoyer les mêmes sensations qu'elle éprouvait avant. Elle était tout simplement heureuse d'avoir une seconde chance, même si elle savait que sa vie ne serait plus jamais pareille.

Les batteries chargées à bloc, elle rejoignit Paul dans le hall principal et tous deux se dirigèrent vers leur prochaine salle de cours. Malgré la tragédie qui avait eu lieu au sein même de l'école, l'administration et le gouverneur lui-même avaient tenu à ce que l'établissement rouvre ses portes lors de cette nouvelle année scolaire. La rentrée en deuxième année d'école d'ingénieur des deux amis s'avérait aussi très prometteuse. Au vu de leur emploi du temps, ils avaient de nombreux cours plus intéressants les uns que les autres.

M. Wright les attendait dans la salle de conception, les élèves s'installèrent chacun devant un écran d'ordinateur. Ils les allumèrent et continuèrent leurs discussions pendant que la pièce se remplissait petit à petit. Lorsque le professeur prit la parole, tous se turent et l'écoutèrent attentivement.

- Mes chers élèves, je suis heureux de vous retrouver pour cette nouvelle année ! avait commencé M. Wright.

Le gentleman n'usait jamais de son autorité pour contrôler sa classe. Sa seule manière de s'exprimer suffisait à rendre tout ce qu'il racontait intéressant, surtout devant de jeunes esprits avides de connaissances. Ainsi, toute la classe l'écoutait toujours avec assiduité.

- Pour commencer en beauté, vous allez tous travailler sur un nouveau projet. Un grand projet. Le plus grand projet que l'école n'ait jamais connu.

Il s'interrompit un instant, laissant le temps à ses élèves de s'interroger entre eux.

- Vous allez imaginer, concevoir, produire, tester un tout nouveau type de véhicule qui nous permettra d'explorer l'extérieur des dômes !

En prononçant ces mots, il adressa un clin d'œil à Rosalyne, qui n'était finalement pas tant en avance sur son temps que cela. Mais cette fois-ci, son auditoire ne put s'empêcher de réagir vivement. Ce nouveau projet lui semblait intéressant, mais était-il encore faisable ?

- Monsieur, ce travail me semble fantastique, mais pensez-vous que nous en serons capables ? demanda Élise, une jeune fille rousse qui était également la déléguée de la promotion.

- Vous ne serez pas seul ! Toute l'école, tous les élèves seront sur le pont !

Il leur expliqua ainsi tout le contexte et les aboutissants du projet.

Dans une optique autant scientifique qu'économique, le gouverneur du dôme 348 avait décidé de confier cet ambitieux projet à l'Académie Mélusianne qu'il tenait en très haute estime. Les véhicules qu'il désirait leur faire concevoir serviraient à aller directement sur le terrain, d'une part pour étudier ce qui restait de la faune et de la flore (c'est-à-dire pas grand-chose), d'autre part, ils serviraient à rechercher de nouveaux gisements de matières premières, les derniers présents sous les dômes actuels se tarissant petit à petit.

Des groupes de projets seraient donc formés dans l'école, composés de deux élèves de chaque promotion. Les élèves de cinquième et dernière année prendraient quant à eux le rôle de chef de projets.

- Je vous invite donc à réfléchir à votre partenaire dans votre classe, les groupes seront formés aléatoirement ensuite, et un professeur supervisera également tous vos travaux et sera votre référent.

Rosalyne et Paul échangèrent un regard entendu. Après avoir discuté un long moment du projet avec les étudiants, M. Wright commença son cours magistral de conception générale. Il apprenait ainsi aux élèves à dimensionner divers éléments mécaniques, comme des clavettes, des roulements, des systèmes d'engrenages jusqu'à des moteurs entiers. Des dessins, des formules, des abaques, il donnait à ses élèves toutes les cartes pour mener à bien leur projet.

Soudain, alors que le professeur débutait un chapitre sur les transmissions de puissance, Rosalyne commença à ressentir une douleur sourde dans sa tête. Paul vit qu'elle commençait à se masser les tempes.

- Tout va bien ?

Mais la douleur n'allait qu'en s'empirant. La jeune fille ressentait également une étrange sensation, comme si quelque chose tentait de pénétrer son esprit. Puis il y eut comme une voix dans sa tête.

- Tu l'entends ? demanda-t-elle à Paul, toujours la tête entre les mains.

- Entendre quoi ? Hé, Rosa, tu es certaine que ça va ?

La jeune fille plaqua alors sa main sur son front, à la recherche d'une fièvre inexistante, surtout pour un robot. Ses circuits cérébraux étaient-ils déjà en train de griller ? Ou alors son père avait tenu à ce qu'elle ressente toujours ses migraines habituelles. Elle n'appréciait pas vraiment l'attention.

- Monsieur, interpella Paul, puis-je emmener Mademoiselle Evans à l'infirmerie ? Elle me semble être souffrante.

- Allez-y, accorda le professeur. Vous reviendrez chercher ses affaires tout à l'heure.

Le jeune homme prit son amie sous le bras et l'accompagna à l'extérieur. Ils s'arrêtèrent dans la cour intérieure, à l'air libre, sur un petit banc en pierre taillée avec élégance. Une fois assise, Rosalyne qui se tenait toujours la tête dévisagea Paul.

- L'infirmerie ? Tu sais bien que je ne peux pas y aller, je suis un robot ! Tout le monde le saura après !

-      C'était seulement pour te faire sortir. Alors, qu'est-ce qui t'arrive ?

-      Je ne sais pas, c'est comme… une énorme migraine, mais je ne pensais pas pouvoir ressentir ça maintenant que je suis un… Mais attends, je crois que ça passe…

En effet, la douleur s'estompait petit à petit, soulageant la jeune fille. Ses idées devenaient plus claires, quand elle entendit quelque chose.

-      *Leroy ?*

-      Pourquoi me parles-tu de mon père ?

-      Mais je n'ai rien dit !

-      *Leroy ? C'est moi !*

Rosalyne entendait une voix, mais ne pouvait pas déterminer d'où elle pouvait provenir. Elle voyait bien que les lèvres de Paul étaient closes. Pourtant, des mots résonnaient dans son esprit. Elle scrutait dans tous les coins, à la recherche de celui qui s'adressait à elle. Tout ce qu'elle arrivait à faire, c'était affoler de plus belle son ami.

-      Calme-toi Rosa, il n'y a personne. Juste nous deux. Respire !

-      Attends une minute.

La jeune fille s'interrompit et ferma les yeux. Elle pensait devenir folle, mais elle commençait à avoir une idée de ce qui se passait. Elle se concentra et formula une question dans son esprit.

-      *Qui êtes-vous ?*

-      *Je suis Ysaac. Vous, qui êtes-vous ?*

-      *Je suis Rosalyne, la fille de Leroy.*

-      *Je ne comprends pas, j'ai pourtant essayé de me connecter à son ordinateur.*

-      *Disons juste que maintenant, je suis un peu comme son ordinateur, en quelque sorte.*

-      *Comment ça, vous êtes un robot ?*

-      *Oui, euh, non, enfin… c'est compliqué.*

-      Rosa, est-ce que ça va ?

Paul s'inquiétait et secoua doucement son amie. Rosalyne ne prononçait plus un mot, les yeux clos, la tête entre les mains. Elle mit un pouce en l'air pour lui signifier que tout allait bien, avant de revenir à sa conversation mentale.

- *Qu'est-ce qui se passe, il y a du nouveau ?*
- *Oui, j'ai réussi à déterminer les coordonnées de ma position, et j'ai de plus amples informations sur les activités du centre dans lequel je me trouve. Mais peut-être devrais-je m'entretenir directement avec votre père.*
- *C'est inutile, je me chargerai de lui transmettre ces informations. Racontez-moi tout.*

Rosalyne resta ainsi un long moment, les yeux toujours fermés, à converser avec ce jeune robot, cet Ysaac, qu'elle ne connaissait que par écrans interposés et maintenant par la pensée, si l'on pouvait la nommer ainsi. Le jeune robot lui raconta ce qu'il faisait de ses journées, les chasses aux zombies, l'élevage dans ces immenses cages et la préparation dans les dirigeables.

- *Attendez, vous voulez dire que c'est de là-bas que les zeppelins partent ? Cela devient vraiment n'importe quoi !*
- *Comment ça?*
- *Et bien, chez nous, ces dirigeables viennent se poser en plein milieu de grandes foules et les zombies sont lâchés sur les honnêtes gens, sans aucune pitié !*
- *Mais c'est affreux!*
- *À qui le dites-vous !*
- *Par contre, pourrais-je vous demander quelque chose ?*
- *Quoi donc?*
- *C'est peut-être un peu indélicat, mais... on m'a toujours tutoyé chez Cloud Technology, et cela me perturbe que tu, enfin vous...*
- *J'ai compris ! C'était aussi un peu bizarre pour moi aussi, je l'avoue.*

Au fur et à mesure de la conversation, Rosalyne commençait à apprécier ce robot qu'elle n'avait jamais rencontré. Après tout, ils étaient tous les deux des œuvres de son père, dans une certaine mesure. Même s'il n'était pas la seule machine créée par Leroy, Ysaac semblait beaucoup plus empathique et compréhensif que ses autres créations. Sa réflexion était certes menée grâce à des programmes, mais il avait un regard neuf sur les évènements, cela allait bien plus loin qu'un simple algorithme prédéterminé.

- *Je dois vous laisser, j'ai des tâches quotidiennes à accomplir, et je ne tiens pas à ce que mes geôliers découvrent que je suis en contact avec vous.*

- *Moi aussi, je dois retourner en cours, mes camarades et mon professeur doivent s'inquiéter.*

- *J'ai beaucoup apprécié discuter avec toi, Rosalyne. Et encore désolé pour la migraine.*

- *Pas de soucis, moi également. Au revoir!*

Les deux robots mirent ainsi fin à leur échange, Rosalyne ouvrit les yeux et regarda son ami à côté de lui. Paul attendait désespérément que la jeune fille revienne de son « bug » comme il l'avait appelé.

- Tout va bien ? Cela fait une heure que tu t'es arrêtée de bouger!

- Une heure?

- Oui, des membres du personnel de l'école sont passés, j'ai dû leur dire que tu étais en pleine méditation. Félicitation, ils te prennent tous maintenant pour une yogi!

- Très drôle ! fit Rosalyne en bousculant gentiment son ami. Mais tu ne devineras jamais ce qui vient de se passer !

- Quoi ? Tu es rentrée en contact avec des extraterrestres ?

Elle lui raconta tout, son échange avec l'androïde, l'élevage de zombie, les dirigeables…

- Je n'étais pas si loin ! s'exclama-t-il. Mais c'est complètement incroyable ! Comment peut-il te contacter ainsi ? Pourquoi quelqu'un ferait-il une chose pareille ?

- Je pense que c'est parce que mon père a dû utiliser certains composants de ses ordinateurs et de ses autres machines pour concevoir mon nouveau corps. Par contre, pour les motivations des zombies-terroristes, je n'en sais pas plus que toi, mais j'aimerais beaucoup en savoir plus. Ysaac me recontactera s'il a du nouveau, mais j'ai bien l'intention de mener ma petite enquête de mon côté !

- Tu ne veux pas dire que…

- Et bien si, mon cher Watson, nous allons découvrir ce qui se trame derrière tout ça !

Rosalyne s'était levée en une posture théâtrale, un poing en l'air et l'autre sur la taille, le menton relevé et le regard volontaire tel un conquérant explorant les mers. C'est ce moment que choisirent leurs camarades pour prendre leur pause et se dégourdir les jambes dans la cour eux aussi. M. Wright les suivait et se dirigeait vers la salle des professeurs. Puis il vit la jeune fille malade en train de faire ses pirouettes.

- Mademoiselle Evans, heureux de savoir que vous vous portez mieux ! sourit-il à Rosalyne.

Sa fille. Ysaac avait contacté la fille de son père. Sa sœur ?

Non, c'était impossible. L'androïde était le seul de sa génération, le seul qui soit assez développé, le seul capable de contacter son père de cette manière. Se pouvait-il qu'on lui ait menti ?

Au fond de lui, il commença à ressentir une sensation nouvelle et désagréable. Le contact avec la jeune fille avait été sympathique, il l'appréciait, mais il y avait autre chose. Une sorte de tension contre cette fille qui pouvait être auprès de Leroy tous les jours, alors que lui était coincé ici, au fond d'un bunker perdu entre deux dômes dans les territoires extérieurs. En fouillant dans la base de données constituant ses souvenirs, il parvint à mettre un nom sur cette émotion. La jalousie. Comme dans les séries romantiques que lui faisait souvent regarder Hélène, chercheuse au centre. Pour sa culture personnelle, disait-elle, mais il soupçonnait surtout la jeune femme de n'avoir personne avec elle pour visionner ce genre de série.

Il était pourtant bien sûr d'être le seul robot capable de telle prouesse, contacter un ordinateur de lui-même à distance. Alors, se pouvait-il qu'il ait contacté une humaine ? C'était encore plus improbable, leur cerveau n'était pas fait pour cela, il n'était pas conçu ni équipé de dispositif pour envoyer ou recevoir ces ondes. Et l'idée que Leroy ait une fille biologique lui étreignit encore plus ce qui lui servait de cœur.

Après tout, ce n'était pas impossible. Leroy ne lui avait jamais parlé de sa famille. Et bien qu'il se considérât comme son fils, il n'était finalement rien d'autre qu'un robot. Au comportement semblable à l'être humain, certes, mais une machine tout de même. Rosalyne était la chair de sa chair. Lui avait été conçu d'une tout autre manière et n'avait rien hérité de son père. Le jeune Ysaac perdait parfois espoir de revoir sa famille d'ingénieur un jour, mais il savait qu'il devait tenir le coup. Et il voulait savoir ce qui se tramait derrière les mystérieuses attaques de zombies auxquelles il prenait part indirectement.

Arnold, le technicien à la casquette usée, vint le sortir de ses réflexions.

- Ysaac, ramène tes fesses en métal, le boss veut te voir !

Le robot s'extirpa de la caisse dans laquelle il avait été transporté jusqu'ici. La petite alcôve était devenue son lieu de stockage aux yeux des techniciens, sa chambre comme lui aimait l'appeler. Les autres robots, qui étaient autant de frères et de sœurs dans une autre mesure, des machines moins développées, semblaient dormir dans leur propre caisse alors qu'ils n'étaient qu'en veille. En silence, bien qu'il ne risquât pas de les réveiller, Ysaac se fraya un chemin jusqu'à la porte de l'entrepôt où l'attendait Arnold.

Il avait une certaine sympathie pour l'être humain. Bien qu'un peu rustre et fortement porté sur la boisson, Arnold l'avait toujours bien traité ainsi que les autres techniciens. Il n'était pas très porté sur l'hygiène. L'éternelle casquette trouée qu'il portait chaque jour dissimulait des cheveux bruns graisseux et il aurait eu besoin d'une bonne douche, mais c'était le seul contact qu'il avait, à part avec les zombies et les autres robots esclaves. L'homme parlait peu de lui et de son passé, Ysaac avait surtout pu recueillir certaines informations qui pourraient peut-être lui permettre de sortir d'ici lors de ses conversations avec le sbire.

Ici, tous les humains venaient d'une grande entreprise dont personne ne prononçait plus le nom. La société était spécialisée dans le transport, c'était pour cela qu'il y avait toutes sortes de véhicules à disposition à proximité du bunker. Un grand hangar abritait de gigantesques ballons ovales qui semblaient déjà avoir vécu de nombreux voyages. Ysaac chargeait parfois dans leurs nacelles des caisses remplies de zombies avant que les engins volants ne s'éloignent en direction du dôme 348. À partir de là, il ignorait ce qui se passait. Tout ce qu'il savait, c'était qu'il voyait revenir les ballons vides de leur monstrueux chargement. Et cela recommençait, encore et encore. Mais depuis sa conversation avec

Rosalyne, il savait pourquoi les zombies étaient envoyés dans les dômes, et cela le dégoûtait encore plus.

Arnold le guida à travers le dédale du couloir du bunker, même si Ysaac savait très bien quel chemin emprunter pour rejoindre les quartiers du boss, comme tout le monde l'appelait ici. Sur les murs en métal usé lézardaient d'étranges traces sombres et des fils électriques s'échappaient de partout. Puis ce décor abîmé fit place à une section bien plus richement décorée, destinée au maître des lieux. Les deux univers se côtoyaient sans jamais se mélanger, donnant l'impression à Ysaac de changer d'univers ou d'époque à chaque fois qu'il pénétrait dans ces appartements.

Car il y était allé plus d'une fois. Voyant qu'il s'occupait très bien des « princesses » chéries du boss, Arnold lui avait bien laissé le soin de continuer lorsque le chef était absent, lui permettant d'aller s'en jeter une plus souvent. Les créatures ne faisaient même pas attention à lui quand il leur faisait revêtir les toilettes qu'on lui mettait à disposition. Puis il arrangeait leurs cheveux avant de sortir de la cage, pour ensuite les nourrir. Dans ces moments-là, les deux zombies retrouvaient leurs instincts cannibales et s'arrachaient les morceaux de viande qu'Ysaac leur lançait à travers les barreaux. Le spectacle de ce qui semblait être deux femmes sublimes de la haute société réduites à l'état de monstruosités lui aurait certainement donné envie de vomir s'il avait eu un estomac.

En arrivant, Arnold indiqua simplement la porte à Ysaac d'un signe de tête avant de s'éloigner. Sa mission était terminée et il s'en retournait finir son apéritif en solitaire. Le robot frappa quelques coups sur la porte de métal avant d'entendre ce qui lui semblait être une autorisation d'entrer. À l'intérieur de la pièce, un homme se trouvait dans la cage en compagnie des deux zombies. Il portait une épaisse combinaison qui, semblait-il, le rendait invisible aux yeux des créatures, ou plutôt inodore. Il sortit de la cage en prenant soin de bien refermer derrière lui avant d'ôter son épais vêtement. Il se retourna vers l'androïde et lui adressa un grand sourire.

-    Ah, mon petit Ysaac, je t'attendais !

Le jeune robot fut surpris de la familiarité avec laquelle l'homme s'adressait à lui. Ils ne se connaissaient pas. Certes, Arnold et les autres ne s'embêtaient pas avec des pirouettes, mais l'homme en face de lui venait d'un tout autre monde, avec son costume impeccable qu'il portait sous sa combinaison. Ses cheveux gominés étaient ramenés en arrière et il remarqua un monocle accroché à l'une de ses poches.

-    Je crains que nous n'ayons pas encore été présentés, poursuivit-il d'une voix cordiale. Ici, on m'appelle Monsieur Ash et je suis le directeur de cet établissement si l'on peut l'appeler comme cela.

-    Enchanté, Monsieur Ash, Ysaac entra dans son jeu. Ysaac, mais vous me connaissez déjà, semble-t-il.

-    Il est vrai, Arnold m'a énormément parlé de toi.

Monsieur Ash s'interrompit un instant et avisa dans un coin de la pièce une sorte de petit salon, composé de deux fauteuils et d'une banquette recouverte de velours vert ainsi que d'une table basse. Il alla s'installer dans l'un d'eux et invita l'androïde à faire de même.

-    Au début, j'étais furieux de savoir qu'un robot ait pu toucher mes deux princesses. C'est vrai que vous autres machines êtes très développées aujourd'hui. Je craignais que vous ne vous montriez trop rustres avec les filles. Mais tu t'en es parfaitement occupé et je t'en remercie chaleureusement.

-    Je vous en prie, c'est mon travail.

Ysaac répondait de façon mécanique tout en essayant de voir où voulait en venir son employeur.

-    Tu viens bien de chez Cloud Technology, toi ? demanda l'homme pensivement en sortant de la table basse une bouteille de whisky et deux verres même s'il savait déjà la réponse.

Il proposa un verre à Ysaac qui refusa poliment.

-    C'est bien cela ainsi que tous mes frères et sœurs.

-    Oui, mais tu as quelque chose de particulier, quelque chose de plus que les autres, n'est-ce pas ?

Monsieur Ash le regardait avec des yeux encourageants. La flatterie semblait fonctionner sur le robot, qui commença à lui expliquer ses caractéristiques, aussi fier que gêné.

- C'est vrai, je suis le dernier né des laboratoires de chez Cloud. Je suis capable d'apprendre seul et vite, de prendre mes décisions, en bref de me comporter de manière la plus humaine possible.

- Intéressant… Et qui est le chef du département où tu as vu le jour ?

- Papa ? Vous voulez parler de Leroy Evans ?

Un sourire dévoila toutes les dents brillantes de Monsieur Ash. Il porta son verre à ses lèvres et prit une gorgée du liquide ambré.

- Parle-moi de ton père.

Chapitre 10 – Le projet

Les groupes de projet avaient été constitués et Rosalyne et Paul n'auraient pas pu rêver mieux. En première année, il y avait Mélody et Maxence. Rosalyne connaissait déjà un peu la jeune fille puisqu'elle était sa marraine depuis l'intégration de l'école lors des premières semaines et le courant était tout de suite passé. Les deux demoiselles étaient toutes les deux très naturelles et garçons manqués sur les bords. Mélody était un peu plus vieille, elle avait tenté le concours d'entrée de l'Académie Mélusianne trois fois après son diplôme. Elle était volontaire et débrouillarde, savait tout construire ou réparer puisqu'elle travaillait dans le garage de son père. Maxence était quant à lui un garçon aux cheveux roux et à la barbe naissante, un peu timide, mais qui ne demandait qu'à s'exprimer. Il avait une grande passion pour les jeux vidéo ce qui l'avait immédiatement rapproché de Paul.

Venaient ensuite les troisièmes années. Charline était une jeune fille brune et athlétique. Elle était très douée en informatique, ses compétences seraient donc appréciées lors de la programmation de la machine. Gabrielle était grande et mince, toujours le nez fourré dans ses livres. Elle trouvait réponse à tout dans ses ouvrages, oubliant parfois la réalité.

C'est là qu'Alexis, étudiant en quatrième année, venait lui remettre les pieds sur terre. À l'image de Mélody, le jeune homme était un grand bricoleur avec des idées plein la tête. Son ami Luke venait parfois refréner ses ardeurs. C'était un grand créatif, toujours la tête dans la lune et passionné de musique.

Enfin, les chefs de projet étaient Théodore et Abygaëlle, en cinquième année. Le jeune homme remplissait son rôle à merveille, gérant son équipe et son planning d'une main de maître. Il sortait avec Abygaëlle, jeune fille blonde aux yeux bleus, d'un naturel très discret et silencieux. Ses remarques étaient pourtant toujours très pertinentes et elle assistait brillamment Théodore.

Ainsi, toute la petite équipe travaillait main dans la main. Ils avaient d'abord échangé leurs idées quant au sujet autour d'un grand brainstorming, animé par Abygaëlle, dans une salle de classe mise à disposition par l'école. Puis ils avaient réalisé un planning en se répartissant les différentes tâches et responsabilités. Chacun remplissait globalement son rôle à merveille, sinon les autres venaient lui rappeler son travail et le projet avançait plutôt bien. Si bien qu'aux environs de mi-décembre, ils commencèrent à construire un prototype qu'ils devraient tester après les vacances de Noël.

- Je n'y crois pas ! Nous sommes dans les groupes les plus avancés ! avait dit Paul un soir à Rosalyne alors qu'ils étaient restés tard pour travailler sur le véhicule tout-terrain.

- Théodore et Abygaëlle sont de bons chefs de projet, ils savent nous motiver ! Et nous sommes tous au taquet ! Hé! Fais attention. Tu vas arracher mon fil !

Le jeune homme s'était effectivement pris les pieds dans le câble qui reliait la jeune fille à la prise électrique la plus proche, dissimulée sous leur bureau. Les batteries de Rosalyne étaient conçues pour tenir pendant toute sa journée de cours, mais ces dernières étaient devenues très longues à cause du projet alors elle devait parfois se recharger directement dans sa classe. Elle devait le faire en toute discrétion, car personne ne devait savoir qu'elle était un robot. D'une part, c'était étrange, puisqu'il y avait moins d'un an, elle était toujours en chair et en os et cela n'était pas encore possible aux yeux de la société de transférer son identité dans une enveloppe artificielle. D'autre part, cela révèlerait que ses parents l'avaient gardée auprès d'eux alors qu'elle était infectée. Où qu'ils avaient fait des expériences bizarres sur elle, et certainement non autorisées. Dans tous les cas, personne ne devait découvrir son secret.

Dans ses amis, seul Paul était au courant. Et il risquait maintes fois de dévoiler la véritable nature de son amie, par sa maladresse. Mais Rosalyne s'en était toujours sortie grâce à quelques pirouettes.

- Excuse-moi, espèce de boîte de conserve, railla-t-il tout bas pour que personne ne l'entende. Ce n'est pas ma faute si tu laisses toujours traîner tes fils de partout !

- Tout le monde dehors !

Rosalyne et Paul sursautèrent. Derrière eux se trouvait leur chef de projet qui faisait machinalement tournoyer les clés de la salle dans ses mains.

- Allez, rentrez vite chez vous ! dit Théodore avec un sourire. Je ne voudrais pas que mon équipe parte trop tard surtout le soir des vacances d'hiver !

- On finit juste ce plan et on arrive ! termina Rosalyne.

En quelques clics, la jeune fille annota sa feuille de papier virtuelle avant d'éteindre son ordinateur et de rassembler ses affaires. Elle débrancha son câble d'alimentation discrètement et le rangea dans son sac, enfila son manteau et suivit Paul et les autres hors de la salle, que Théodore s'empressa de verrouiller. Ils descendirent jusque dans la cour dans laquelle une épaisse couche de neige était tombée durant la journée. Ce duvet épais n'était qu'artificiel, ils le savaient tous. Mais leur âme d'enfant était bien plus forte alors ils commencèrent une bataille de boules de neige endiablée. Au bout d'une bonne heure, épuisés et trempés, ils décidèrent de rentrer chez eux. C'étaient les vacances, après tout.

- Heureusement que tu es waterproof ! pouffa Paul en raccompagnant Rosalyne chez elle puisqu'il habitait dans la même direction.

- C'est ça, moque-toi, n'empêche que tu n'as plus aucune chance face à ma visée ultra-précise ! Et sinon, qu'est-ce que tu vas avoir pour Noël, cette année ?

- Comme d'habitude, je pense. Quelques jeux vidéo, des vêtements, un peu d'argent. Et toi ? Une batterie de rechange ? continua-t-il de se moquer.

- T'as pas bientôt fini ? fit-elle amusée. Non, je pense que je n'aurais pas grand-chose cette année. Mes parents ont beau bien gagner leur vie, j'ai déjà eu un nouveau corps cet été, c'est déjà pas si mal et, à ce que j'ai compris, il a coûté très cher. Mes parents m'offriront quelques bricoles peut-être.

- Tu vas voir tes grands-parents cette année ?

- Non, ils habitent dans un autre dôme et tu sais comme moi que les voyages entre les dômes sont très réglementés en ce moment.

- Oui, à cause des attaques de zombies. Mais c'est étrange, quand même. Je sais qu'on ne peut pas non plus se cloîtrer chez nous indéfiniment, mais c'est bizarre que les forces de police ne puissent rien faire.

- La police se concentre exclusivement sur ce qui se passe dans le dôme. Or nous savons très bien que ça se passe dehors, grâce à Ysaac.

Paul fit une grimace. Il était jaloux de l'androïde qui pouvait contacter sa meilleure amie à toute heure du jour ou de la nuit, et surtout via une certaine forme de télépathie intime.

- Tu ne crois pas que ce robot vous fait marcher, ton père et toi ? soupira-t-il.

- Papa a confiance en lui, alors j'ai confiance en lui. C'est lui qui l'a créé, c'est un peu comme mon frère, dans un sens.

- Mais je croyais que c'était moi, ton frère !

- Tu l'es aussi, mais ce n'est pas pareil. J'ai toujours été fille unique, toi tu as tes sœurs. Tu resteras toujours mon frère de cœur !

Ils arrivèrent tous les deux devant l'immense maison des Evans et s'arrêtèrent un instant pour finir leur conversation, avant de se quitter.

- On se voit avant le 31 ! Histoire qu'on échange nos cadeaux ! cria Paul en s'éloignant.

- Je n'y manquerai pas ! Passe de bonnes vacances !

Rosalyne rentra chez elle, déposa ses affaires avant de descendre dans la cave. Elle avait beau être waterproof, elle préférait vérifier dans l'atelier de ses parents que ses articulations n'avaient pas pris l'eau.

Les Evans passèrent donc les fêtes de Noël tous les trois, entre eux. Ce n'était pas plus mal, car même si le nouveau corps de Rosalyne faisait parfaitement illusion, aurait-il pu tromper ses propres grands-parents ?

Paul n'avait pas eu tort, puisque Leroy offrit bien à sa fille une batterie de secours qu'il avait pu réaliser pendant son temps libre. Temps libre qui se révélait important puisqu'il n'avait toujours aucune nouvelle de son matériel disparu lors du transfert des locaux de Cloud Technology. Il travaillait donc chez lui sur d'autres projets, autant qu'il le pouvait, ou alors il essayait d'améliorer le quotidien de sa fille. Mais l'ingénieur n'y tenait plus, il s'ennuyait ferme, alors il décida de se mettre lui-même à la recherche de ses robots et du jeune Ysaac.

Chapitre 11 – L'enlèvement

Leroy était furieux. Comment diable la société de transport qui devait se charger du transfert de Cloud Technology avait-elle pu perdre tout son précieux matériel ? Toutes ses recherches, ses précieux robots... Et surtout Ysaac, son dernier né, sa plus belle réussite. Enfin, après le transfert de Rosalyne bien entendu. Cela faisait déjà des mois qu'il n'avait plus rien pour travailler.

Alors, bien sûr, il avait fait des sauvegardes sur son ordinateur portable, mais cela restait un maigre échantillon de tout le travail qu'avait réalisé son équipe. Elle se retrouvait au chômage technique, pendant que lui essayait finalement de retrouver et récupérer tout le matériel. Une enquête avait été ouverte et Leroy travaillait en étroite collaboration avec les services de police. Ils avaient passé en revue toutes les caméras, mais elles ne montraient que des employés qui chargeaient des cartons qui faisaient leur travail de déménageur, en somme.

Il savait néanmoins où se trouvait Ysaac et une partie de ses enfants mécaniques même s'il n'avait pas de lieu exact. Le robot n'avait pu lui donner que des données approximatives, et surtout il se trouvait à l'extérieur des dômes. Il pourrait très bien aller le chercher, mais cela nécessiterait un dirigeable ou un véhicule terrestre d'extérieur. Certes, l'école de sa fille travaillait sur un projet similaire, mais il n'était alors qu'à ses balbutiements. Et essayer de prouver aux policiers qu'il pouvait contacter Ysaac via l'esprit de sa propre fille pour réquisitionner un ballon serait impossible. Soit ils le prendraient pour un fou, soit il serait arrêté pour avoir gardé sa fille zombie et avoir testé un nouveau protocole sur elle.

De plus, depuis qu'Ysaac ne communiquait avec lui que par Rosalyne, il craignait de plus en plus que sa famille ne soit mêlée à tous ces évènements. Car maintenant, ils en savaient beaucoup sur le bunker, les activités qui étaient imposées aux robots à l'extérieur du dôme... Il connaissait sa fille comme s'il l'avait fait, deux fois même, et savait pertinemment qu'elle ne manquerait pas de mettre son nez là où il ne le faudrait pas. Il avait déjà failli la perdre, il ne voulait pas que ça se réitère une seconde fois.

L'ingénieur avait donc décidé de se rendre directement dans les bureaux de la société de transport pour leur expliquer sa façon de penser. Il se présenta à l'accueil où une secrétaire à l'air éméché le fit patienter quelques instants avant de l'introduire dans une salle de réunion. Il s'installa dans un des fauteuils autour de la table. En son centre se trouvait un rétroprojecteur utilisé lors des entretiens à distance, mais ce dernier était éteint. Les appliques murales en fer forgé diffusaient une lumière claire, mais non agressive. Leroy se laissa aller à sa réflexion en contemplant les différents tableaux qui complétaient la décoration de la salle.

Quelques instants plus tard, le directeur de l'entreprise fit son apparition en s'installant également dans un des imposants fauteuils, juste en face de l'ingénieur.

- Bien le bonjour, M. Evans. En quoi puis-je vous aider ?

Cet homme, Leroy le connaissait. Il avait les cheveux tirés en arrière, un costume trois-pièces impeccable dont on pouvait voir dépasser une chaînette de la poche pectorale.

- M. Hatchwork ? Mais que faites-vous ici ?

M. Hatchwork en face de lui n'était autre qu'un des plus riches hommes d'affaires du dôme 348. Âgé d'une quarantaine d'années, il était à la tête de Pawell & Co, l'entreprise où travaillait sa femme Carrie.

- Je suis le nouveau directeur de cette modeste société de transport. Voyez-vous, j'ai décidé d'étendre mes activités à d'autres moyens de transport, comme le train et, je l'espère plus tard, le transport terrestre inter dôme, le TTID, comme je l'ai baptisé.

- Des étudiants travaillent justement sur ce genre de projet, pour le compte du gouverneur.

- Je suis au courant, c'est moi-même qui lui ai soufflé l'idée. Mon neveu est actuellement en dernière année à l'Académie Mélusianne. Le projet de son groupe commence vraiment à être intéressant. Je pense d'ailleurs l'engager dans ma société à la fin de ses études, Théo a un grand avenir devant lui.

Il s'interrompit un instant pour sortir d'un placard plusieurs verres et bouteilles d'alcools.

- Voulez-vous boire quelque chose ?

- Juste un verre d'eau, merci.

Le directeur eut une grimace déçue, mais lui offrit un verre pendant que lui-même se servait quelque chose de plus fort.

- J'aimerais que l'on ne passe pas par quatre chemins, M. Hatchwork. Vous savez pourquoi je suis là.

- Je le sais et vous m'en voyez fort désolé. Je peux vous assurer que nous faisons tout ce qui est en notre pouvoir pour tirer cette affaire au clair, de notre côté.

- J'en suis heureux. Et qu'est-ce que cela donne jusqu'ici ?

- Peu de choses pour le moment, je le crains. J'ai fait interroger tout le personnel qui était présent lors du déménagement de vos locaux. S'il y a un menteur, il se trouve dans notre équipe, c'est certain.

- Comprenez, Monsieur, que sans ce matériel et toutes ces données, mon équipe et moi-même sommes grandement freinés dans nos recherches, voire totalement arrêtés.

- Je le conçois bien. Et, croyez-moi, je m'engage personnellement à ce que vous retrouviez au plus vite tout votre matériel de travail.

Pendant que M. Hatchwork prononçait ces mots, Leroy sentit sa tête commencer à bourdonner. Une brume épaisse commençait à envahir son esprit dont il ne pouvait pas se soustraire. Il se massa machinalement les tempes en fermant les yeux cherchant un moyen d'échapper à ce malaise. Quand il rouvrit les yeux, il distingua autour de lui des silhouettes masculines et athlétiques, mais floues. Il reconnaissait toutefois les uniformes de la compagnie de transport, les mêmes qu'il avait vues au début du déménagement de ses locaux.

-	Très bien, alors je vais vous laisser poursuivre vos recherches, conclut-il en essayant de se sortir de cette salle de réunion tant la tête lui tournait. Je vous remercie de m'avoir reçu.

-	Tout le plaisir est pour moi ! sourit le directeur en montrant toute sa dentition. Je vous en prie, mes collaborateurs vont vous raccompagner jusqu'à la sortie.

Leroy ne refusa pas. Tout ce qu'il désirait, c'était sortir prendre l'air, sortir de cette étouffante salle de réunion. Mais lorsqu'il passa devant le bureau de la secrétaire, escorté par deux colosses en uniforme, il sentit ses jambes se dérober sous son poids. La femme derrière son bureau ne se leva pas, elle n'eut même pas un regard.

Leroy sentit que l'on tentait de le remettre debout. Non, c'était seulement un des gorilles qui le soulevait telle une poupée de chiffon. Mais il ne le raccompagnait pas vers la sortie, il l'emmenait dans un dédale de couloirs, au sein même de l'entreprise de transport.

Alors qu'il sentait ses dernières forces l'abandonner et son esprit sombrer dans l'inconscience, il entendit la voix du directeur.

-	Rassurez-vous, M. Evans, nous allons vous remettre au travail !

Chapitre 12 – Les retrouvailles

Carrie recouvrait peu à peu ses esprits. Ses yeux s'habituaient graduellement à l'obscurité ambiante pendant qu'elle essayait de sonder son environnement. Des caisses de tailles variables étaient disséminées çà et là dans ce qui ressemblait à un entrepôt. Dans certaines se trouvaient d'autres personnes, mais à y regarder de plus près, elle constata que leur position rigide ne collait pas du tout avec leur air assoupi. Ces humanoïdes étaient en réalité des androïdes, ceux de Cloud Technology.

Ses pensées se tournèrent alors vers son époux lorsqu'elle entendit un ronflement sur sa droite. L'homme était tout comme elle allongé sur un matelas de fortune et n'avait visiblement pas envie de sortir de sa torpeur.

- Réveille-toi ! le secoua sa femme en faisant fi de ses grognements.

Les yeux de Leroy papillonnèrent un instant avant de se river à ceux de son épouse.

- Chérie ? Où sommes-nous ?

- Je n'en ai aucune idée. Je ne sais même pas quelle heure il est.

En effet, aucune fenêtre ne venait apporter une quelconque et sécurisante lumière du jour à la pièce.

- Il est dix-sept heures, fit Leroy en jetant un œil à sa montre. Mais qu'est-ce qu'on fiche ici, bon sang ? Tu te souviens de quelque chose ?

Carrie rechercha dans sa mémoire ses derniers souvenirs conscients. Elle était arrivée au travail, comme tous les jours, et avait pris un café avec ses collègues. Son patron s'était même joint à eux, lui qui était si souvent absent ces derniers temps.

- Hatchwork, hein…

- Qu'est-ce qu'il y a ?

- J'ai eu un rendez-vous avec lui, en début d'après-midi, poursuivit Leroy. À propos de la disparition du matériel chez Cloud. Je crois qu'il nous a drogués.

- C'est probable, c'est lui qui m'a offert un café.

- C'est forcément ça alors, mais pourquoi ?

Les esprits des deux ingénieurs tournaient à plein régime, oubliant les derniers échos de leur migraine qui s'estompait. Ils avaient l'impression d'être en face d'un puzzle qui prenait forme petit à petit, mais dont il manquait encore des pièces.

Leurs pensées furent interrompues par des bruits de pas qui s'approchaient, puis l'unique porte donnant sur l'entrepôt s'ouvrit, laissant apercevoir une silhouette dans un rayon de lumière. Elle s'approcha, laissant apparaître les traits fins d'un jeune homme qui avait à peu près l'âge de leur fille unique.

- Ysaac, c'est bien toi ? s'exclama Leroy aux anges ?

L'androïde lui sourit, heureux de retrouver son créateur.

- Je suis soulagé de voir que vous allez bien, père.

En une fraction de seconde, Carrie se tourna vers son mari et le foudroya du regard. Devant l'air jaloux de sa femme, Leroy éclata de rire.

- Ma chère, je te présente Ysaac, le dernier né des laboratoires de Cloud Technology. Ysaac, je te présente Carrie, mon épouse.

Les deux se saluèrent puis le robot poursuivit.

- Je dois vous mener jusqu'au boss. Tous croient encore que je suis soumis ici, comme les autres robots, alors vous devriez me suivre.

- Qui est-ce ?

- Il se fait appeler Monsieur Ash, mais je ne sais pas grand-chose d'autre sur lui.

Carrie et Leroy suivirent donc l'androïde à travers les couloirs du bunker. Ils croisèrent en chemin un homme d'une trentaine d'années, visiblement ivre qui souleva sa casquette quand il passa près de Carrie.

- Milady !

Elle ne fit pas de commentaire, ils poursuivirent leur route chacun de leur côté. Leroy savait que son épouse savait se défendre seule contre ce genre d'individu, mais il restait tout de même en alerte au cas où il lui faudrait réagir. Mais l'homme avait continué sa route en titubant, à la recherche d'une autre bouteille à vider. Depuis que les robots étaient à son service, Arnold était le seul employé humain en ces lieux et n'avait quasiment plus rien à faire dans le bunker alors il s'en donnait à cœur joie !

Autour d'eux, les couloirs nus où lézardaient seulement quelques fissures et des tuyaux de plomberie firent place à de riches décorations, indiquant qu'ils se trouvaient dans les quartiers du boss. Ysaac les fit s'introduire dans une pièce encore plus somptueuse que le couloir, où les attendait un homme qui faisait face à un grand rideau, un verre à la main.

- Ils sont là, fit simplement Ysaac pour prévenir de sa présence.

- Bien, bien, merci, mon petit Ysaac. Je vous en prie, Leroy, ma chère Carrie, prenez place ! les invita-t-il en leur désignant les fauteuils dans le coin de la place.

Derrière le rideau, les Evans devinèrent qu'il y avait quelque chose, ou plutôt quelqu'un. Faussement menacés par l'androïde, ils prirent place dans le canapé juste avant que l'homme ne les rejoigne et ne révèle ainsi son identité.

Chapitre 13 – Le plan

- Tes parents ont été enlevés ?

Paul était venu rendre visite à sa meilleure amie pour lui offrir son cadeau de Noël. Il avait trouvé dans une boutique une peluche ressemblant à un cheval couleur crème pourvu d'une petite corne pailletée sur le front. Ce genre d'animal devait avoir disparu bien avant les premiers dômes, mais il avait trouvé la petite boule de poils tellement mignonne qu'il avait voulu la lui offrir. Rosalyne avait quant à elle trouvé la figurine d'un de ses personnages préférés dans une boutique de jeux vidéo. Mais malgré l'échange de cadeaux qui se voulait joyeux, la jeune fille n'avait pas vraiment la tête à cela.

Cela faisait plusieurs jours que ses parents n'étaient pas rentrés. D'habitude, ils la prévenaient lorsqu'ils devaient travailler tard mais jamais ils ne passaient la nuit sur leur lieu de travail, encore moins tous les deux le même jour.

- Ils sont peut-être partis en voyage en amoureux, ils te l'ont dit et tu ne t'en souviens pas ? proposa Paul.

- Je ne crois pas. Ils m'auraient téléphoné pour me dire s'ils étaient bien arrivés. Et les voyages entre les dômes sont toujours interdits.

- Arrête de t'en faire, je suis certain qu'ils vont bien !

- Tu n'en sais rien ! explosa Rosalyne.

La jeune fille s'était relevée comme une bombe et commençait à faire les cent pas dans la pièce tout comme son père lorsqu'il réfléchissait ou qu'il était contrarié. Rosalyne faisait les deux.

- Je suis sûre que tout ça est lié !

- Tout ça quoi ? Explique-toi !

- Tu n'as pas remarqué que, depuis le début des vacances, il n'y a plus aucune attaque, aucun largage de zombie en pleine foule ?

- C'est vrai, mais… peut-être que la police a arrêté les malfaiteurs et que les journalistes ne sont pas encore au courant.

- La police ne peut rien faire, je te l'ai déjà dit, ça se passe à l'extérieur. Et en plus de ça, Ysaac ne me contacte plus.

Paul fut presque soulagé de cette information mais devant l'air désemparé de son amie, il revit son jugement.

- Et comment tu expliquerais tout ça, toi ? demanda-t-il sur un ton calme, pour essayer de l'aider à y voir plus clair.

- Je n'en sais rien… Ils ont peut-être été enlevés par celui qui commande ces attaques.

- Mais pourquoi ?

- Peut-être parce qu'il sait ce qu'ils m'ont fait…

Des larmes pointèrent dans le coin des yeux de Rosalyne. Paul se releva pour s'approcher d'elle et la prendre dans ses bras ?

- Comment serait-il au courant ? Il n'y a que moi et tes parents qui connaissons ton secret. Et tu sais très bien que je ne te trahirai jamais.

- Je sais bien… et je suis heureuse que tu sois là. Mais peut-être que quelqu'un à l'école l'a appris, et…

Les larmes que Rosalyne contenait désespérément se déversèrent sur ses joues pendant qu'elle se raccrochait à son meilleur ami. Elle avait beau avoir une grande force de caractère, sa nouvelle vie était étrange et il lui était difficile de s'y habituer. Toutes ses perceptions changeaient, et elle devait redoubler de vigilance pour ne pas se faire découvrir. De plus, elle se sentait terriblement coupable. Grâce à ses parents, elle avait pu continuer à vivre, alors que d'autres infectés s'étaient vus condamnés à devenir des cobayes jusqu'à leur transformation finale, puis leur mort. Les services d'hygiène avaient beau faire de leur mieux pour trouver un remède, ils piétinaient depuis de nombreuses années sans résultat concluant. De quel droit avait-elle pu vivre alors que tant d'autres n'avaient pas eu cette chance?

- Il faut aller les chercher…

Sa voix était faible, mais ferme, et son caractère volontaire reprenait peu à peu le dessus.

- Qu'est-ce que tu veux dire ?

- Il faut qu'on aille les chercher ! Mes parents !

- Mais comment tu veux t'y prendre ? D'après ce que tu dis, ils sont à l'extérieur, et bien loin !

- Ysaac m'avait donné ses coordonnées. Si ça se trouve, il ne me contacte plus parce qu'il se trouve avec eux, et il est trop heureux de retrouver mon père !

- Oui, mais pour y aller ?

- Tu sais, le projet sur lequel on travaille en ce moment…

- Mais on ne peut pas le faire sortir de l'école… attends, ne me dis pas que tu veux le voler ? Que diraient les autres ?

- Ils feraient la même chose que moi pour sauver leurs parents, et toi aussi si ton père et tes sœurs étaient en danger.

- C'est pas faux. Mais c'est de la folie ! C'est impossible !

- Tu te souviens que tu parles à une fille qui est devenue un robot ?

Chapitre 14 – Le cambriolage

Quelques semaines après l'enlèvement, alors qu'ils venaient de reprendre les cours, Rosalyne et Paul mirent leur plan à exécution. Ils avaient décidé de voler leur véhicule, le Système d'Exploration Indépendant pour la Sensibilisation au Monde Extérieur – baptisé plus simplement SEISME – le vendredi soir, afin d'avoir tout le week-end pour tenter de sauver les parents de Rosalyne.

La jeune fille voulait s'y prendre bien plus tôt mais Ysaac l'avait contacté quelques jours après sa conversation avec Paul. Ses parents se trouvaient bien avec lui, et ils se portaient bien, ce qui avait grandement rassuré la jeune fille. Mais elle ne pouvait pas les laisser aux mains de cet homme, le boss, M. Ash comme Ysaac l'appelait. Tout ce que l'androïde savait, c'est qu'il les obligeait à travailler pour lui sur un grand projet. De son côté, on ne lui demandait plus de partir à la chasse aux zombies ni à s'en occuper, ce qui le soulageait grandement. Bien qu'il soit un robot, il avait énormément d'empathie pour ces créatures qui n'étaient que des citoyens malades mais surtout condamnés.

Au grand soulagement de Rosalyne et Paul, les cinquièmes années devaient se rendre à des conférences toute la journée du vendredi. Théodore et Abygaëlle ne seraient donc pas dans leurs pattes, mais il fallait qu'ils se débarrassent des autres. Les plus récalcitrants seraient certainement Alexis et Mélody puisqu'ils passaient absolument tout leur temps à bricoler sur le SEISME.

- On pourrait les mettre au courant, non ? demanda Paul à son amie. Ils pourraient tous nous aider. Théo et Aby cafteraient mais pas les autres.

- Non, il ne faut pas, ils découvriraient tous mon secret.

- Découvrir quoi ?

Perdus dans leur réflexion, ils n'avaient pas vu arriver Alexis, une grande plaque de tôle qu'il venait de déformer au marteau dans les mains, pour finir l'habillage du prototype.

- Rien du tout ! bredouilla Rosalyne en voyant le garçon passer devant elle.

- Dans ce cas, lui sourit-il en poursuivant son chemin. Tu feras gaffe, Rosa, je crois que tu as un fil qui dépasse.

Dans sa gêne, la jeune fille avait en effet laissé s'échapper le câble d'alimentation de la batterie externe que son père lui avait offert.

- Pour la discrétion, tu repasseras, lui glissa Paul à l'oreille.

- Ne vous fatiguez pas, on est au courant !

Cette fois, ce fut Charline qui les surprit. Elle avait toujours le nez fourré dans son ordinateur, elle reliait les différentes commandes du tableau de bord à un programme afin de permettre de conduire le véhicule à distance.

- Au courant de quoi ? demanda faiblement Rosalyne.

- Que tu sois un robot, lui chuchota Gabrielle tout bas pour que les autres groupes ne les entendent pas.

Rosalyne fut prise de court. Sa vie était fichue. Si quelqu'un venait à la dénoncer…

- On ne dira rien, intervint Luke, comme s'il venait de lire dans ses pensées tout en augmentant le son de la radio qu'il apportait chaque jour pour couvrir leur voix.

- Et on a entendu que tes parents avaient été enlevés, poursuivit Maxence.

- Enfin, tu nous l'as plutôt crié oui ! fit Charline. Fais attention. Tu penses parfois tellement fort que tu envoies des signaux jusque dans mon pc !

Rosalyne n'en revenait pas. Tous ses efforts pour rester discrète avaient été vains.

- Alors, quel est le plan, marraine ? demanda Mélody, en se plantant devait-elle, le sourire jusqu'aux oreilles.

***

- Vous êtes sûrs que les cinquièmes années ne sont pas au courant ? demanda Rosalyne.

- Sûrs et certains ! Ils sont toujours à fond dans leur cours. On en parlait parfois entre nous mais jamais avec eux. Et ils sont trop amoureux pour voir le reste, en dehors des cours.

Le cambriolage avait finalement été plus facile que prévu. Charline avait pu se connecter au système de surveillance de l'école pour désactiver alarmes et caméras. Mélody et Alexis avaient fait en sorte de terminer le gros du travail et le prototype fonctionnait. Il ne manquait que quelques éléments que Rosalyne était certaine de trouver dans l'atelier de ses parents.

Le véhicule ne comptait que cinq places assises, l'habitacle étant conçu comme les voitures utilisées à l'intérieur des dômes. Néanmoins, pour plus de discrétion, seuls Paul et Alexis montèrent à bord pour l'emmener jusqu'à la résidence des Evans. Ils avaient attendu deux heures du matin afin que les rues du dôme 348 soient désertes. Rosalyne avait conduit le reste de ses camarades jusque chez elle et ils attendirent le SEISME.

Quelques minutes plus tard, Alexis gara le véhicule dans le jardin, bénissant le fait qu'il n'y ait aucun vis-à-vis de ce côté du quartier huppé du dôme. Ils recouvrèrent toutefois le SEISME d'une grande couverture avant de rejoindre les autres dans l'atelier.

Charline s'affairait déjà à connecter le système du véhicule avec les ordinateurs des Evans. Les autres prirent place autour de la table afin d'établir un plan d'infiltration.

- On ne peut pas s'y rendre de jour, et le soleil ne va pas tarder à se lever, commenta Maxence en jetant un œil à sa montre qui indiquait trois heures et demie du matin. On n'aura jamais le temps aujourd'hui.

- Oui, surtout qu'il nous faut trouver comment sortir du dôme, intervint Paul.

- J'ai trouvé une gare sur la carte, à quelques dizaines de minutes d'ici, dit Gabrielle en sortant une des cartes routières des Evans, dénichée dans la bibliothèque. Si on attend demain soir, ça peut le faire.

- En attendant, on devrait tout préparer, et surtout se reposer, conclut Luke, voyant que les paupières de ses camarades commençaient à se faire lourdes.

Rosalyne et Paul descendirent tous les matelas, les oreillers et les couvertures de la maison jusque dans le salon afin de faire dormir toute la petite bande. La jeune fille était heureuse que ses amis la soutiennent dans cette épreuve et l'aident, et surtout qu'ils l'acceptent telle qu'elle était désormais. Aucun n'avait cherché non plus à savoir pourquoi elle possédait ce corps, bien que la question leur taraude à tous l'esprit. Ses circuits cérébraux fonctionnaient à plein régime alors qu'elle entendait ses camarades commencer à ronfler, quand une voix s'insinua dans son esprit.

- *Rosalyne ? C'est Ysaac.*
- *Qui d'autre ?* fit-elle amusée.
- *C'est pas faux,* rit-il également. *Alors, comment ça s'annonce ?*

Rosalyne avait mis l'androïde dans la confidence et il attendait les instructions. Lui aussi voulait sortir du bunker et rejoindre le dôme et il voulait retrouver sa vie parmi les ingénieurs de Cloud Technology. Mais ce qu'il désirait par-dessus tout, c'était faire ses premières sorties en public.

La jeune fille lui exposa alors le plan élaboré avec son groupe. Le jeune robot acquiesçait, demandait des précisions mais tout lui convenait.

- *Ça veut dire… qu'on va enfin se rencontrer, pour de vrai ?*

Malgré un corps du même âge qu'elle, Rosalyne ne pouvait pas s'empêcher de considérer Ysaac comme son petit frère, tant le robot avait encore peu d'expérience de l'existence.

- *Oui, et j'en suis très heureuse.*
- *Moi aussi.*
- *Bon, je vais te laisser, je vais essayer de dormir un peu. Bonne nuit Ysaac.*
- *Bonne nuit Rosalyne.*

La connexion prit fin. Rosalyne n'avait pas vraiment besoin de dormir mais elle n'en pouvait plus de réfléchir au lendemain. Alors elle décida simplement de se mettre en veille, tout comme ses amis qui dormaient déjà à poings fermés.

Chapitre 15 – Le monde extérieur

Rosalyne était seule, désormais, à poser le pied à l'extérieur du dôme.

Vers minuit, elle et Alexis avaient pris le SEISME et s'étaient dirigés vers la gare désaffectée. D'après les recherches de Gabrielle, l'endroit avait été délaissé, car les tunnels s'étaient écroulés et avaient laissé entrer des zombies plusieurs dizaines d'années auparavant. Le gouvernement en avait seulement condamné l'accès mais personne ne surveillait la zone.

Charline parvint à pirater les portes donnant sur les tunnels et le SEISME s'engagea dans les galeries jusqu'à arriver à une crevasse qu'ils remontèrent. Le véhicule était autant doté de roues que de grandes jambes articulées qui lui permettaient de s'extraire du trou tel une gigantesque araignée.

Rosalyne et Alexis avaient donc évolué durant de longues minutes à l'extérieur du dôme. La cabine pressurisée avait été équipée de bouteilles d'oxygène afin que le jeune homme puisse survivre à l'extérieur ainsi que Leroy et Carrie lorsqu'ils reviendraient. Seul son habitacle ressemblait à une voiture ordinaire, quoique plus grosse encore. La carrosserie extérieure était encore d'une couleur brute métallique ainsi que ses jambes automatisées. La vitre de protection frontale du véhicule offrait aux deux étudiants un panorama exceptionnel sur le monde extérieur.

Alexis était celui qui savait le mieux conduire l'engin, il avait donc été décidé que ce serait lui qui attendrait Rosalyne pendant qu'elle s'infiltrerait dans le bunker.

- Nous sommes devant le cratère, fit-il dans le micro.
- Reçu ! fit la voix de Mélody dans le haut-parleur du SEISME.

Maxence, Mélody, Charline, Gabirelle, Paul et Luke se trouvaient dans l'atelier des Evans, dans le sous-sol qui avait vu naître Rosalyne une seconde fois. La pièce était devenue leur salle de contrôle.

- Vous voyez le bunker ? demanda Maxence.

- Affirmatif, fit Rosalyne. Je vais descendre.

- Fais attention à toi, recommanda Gabrielle.

Rosalyne ajusta son propre micro et son oreillette qu'elle avait récupérés du kit mains libres de son père et s'installa dans le sas du SEISME. Lorsqu'elle posa le pied sur le sol sec, elle fut soudain prise d'une étrange émotion.

En levant les yeux au ciel, elle parvint à distinguer, à travers l'épais brouillard qui recouvrait la planète, quelques étoiles timides. C'était beau et triste à la fois. Elle ne pouvait s'empêcher de penser au ciel artificiel qui paraît la surface interne du dôme à ce moment précis. Le vrai devait être tellement plus beau, sans cette fumée dégoûtante.

- Rosalyne, arrête de rêvasser ! On n'a pas toute la nuit devant nous !

C'était la voix de Paul dans son oreillette qui venait la rappeler à l'ordre. La jeune fille sortit de sa torpeur et se dirigea en direction du bunker.

Il n'y avait personne aux abords du bâtiment. D'un côté s'étendaient un hangar de taille moyenne et de l'autre une bâtisse de plain-pied, mais Rosalyne savait d'après Ysaac que ce n'était que l'entrée des souterrains.

- Je suis devant, je vais essayer d'entrer, fit-elle à ses amis, ainsi qu'à Ysaac qu'elle tentait de contacter.

- Ah, ça, on n'y avait pas pensé.

- Quoi ?

- À ta façon d'entrer, tu ne vas quand même pas juste frapper ?

- Parce que j'ai une autre option ?

À cet instant, elle frappa trois coups contre la porte blindée du bunker. C'était vrai qu'elle n'avait pas réfléchi à cela mais, maintenant qu'elle était ici, elle ne pouvait plus faire marche arrière.

Quelques instants plus tard, un homme vint lui ouvrir, équipé d'une combinaison respiratoire.

- C'est pour quoi ? demanda-t-il dans son tube.

Rosalyne n'avait pas vraiment prévu ça. Elle pensait qu'elle aurait assommé cet homme mais son regard interrogateur et peu surpris de voir une humanoïde à l'extérieur la dérouta.

- Je suis… bredouilla-t-elle.

- Encore un des robots que les gars ont perdus, hein ? fit l'homme en ne lui laissant pas le temps de terminer. Tu es le troisième ce mois-ci !

Il la fit entrer et referma derrière lui, avant de la guider vers l'échelle du bunker. Une fois en sécurité dans la pièce du dessous, il ôta la combinaison et vissa sur sa tête sa vieille casquette brune.

- Depuis que je suis tout seul ici avec le boss, tous les robots perdus nous reviennent ! poursuivit-il face à Rosalyne, qui sentit rien qu'à son haleine qu'il n'était pas net. J'te laisse rejoindre les autres, moi je retourne dans ma piaule !

Il la laissa là, titubant dans le couloir métallique avant de s'engouffrer dans une pièce un peu plus loin.

- Rosalyne !

C'était Paul qui hurlait dans son oreillette.

- Je suis entrée, j'ai eu un énorme coup de chance. Je vous expliquerai.

Chapitre 16 – La tentative

Grâce aux indications d'Ysaac, Rosalyne parvint à rejoindre le jeune androïde. Il était enfermé dans l'entrepôt des robots, comme chaque nuit, seul éveillé parmi ses frères et sœurs mécaniques. Lorsqu'elle ouvrit la porte blindée, elle ne distingua d'abord que des silhouettes immobiles puis une voix se fit entendre dans le silence.

- *Rosalyne ?*

Ysaac avait parlé directement dans son esprit. Il ne reconnaissait pas non plus la forme qui se dessinait dans l'ouverture de la porte, mais si c'était Arnold, il fallait encore qu'il joue à la bonne machine en veille.

- Ysaac ! C'est moi !

Rosalyne avait quant à elle prononcé ces mots tout haut. À ces paroles, le robot se redressa dans l'ombre et se rapprocha de la porte.

- C'est bien toi ?

Ysaac ne s'était jamais posé la question de ce à quoi ressemblait sa correspondante cérébrale. Mais alors qu'il se trouvait enfin devant elle, il ne pouvait s'empêcher de la trouver incroyablement belle. Ses longs cheveux blonds étaient ramenés en une tresse pendant sur le côté gauche et ses yeux bleus scrutaient l'obscurité pour mieux l'apercevoir. Elle portait des vêtements simples et masculins et elle avait surtout l'air incroyablement humaine.

- Oui, c'est bien moi. Ne traînons pas, nous n'avons pas beaucoup de temps.

Les deux robots sortirent de l'entrepôt en prenant soin de refermer derrière eux. Ysaac mena alors la jeune fille à travers le dédale de couloirs, lui qui connaissait désormais tous les recoins du bunker comme sa poche.

- Tu sais où il retient mes parents ?

- Le boss nous a fait aménager un laboratoire dans ses quartiers. Je crois qu'il les oblige à travailler, car il est sûr et certain que Leroy et Carrie sont capables de sauver sa famille.

- Qu'est-ce que tu veux dire ?

- Et bien, tu sais, les « princesses », celles qui pourraient nous croquer tous crus si nous n'étions pas que des machines, dit Ysaac, les yeux dans le vide, l'air déprimé.

Depuis qu'il se trouvait dans le bunker, avili à toujours réaliser les mêmes tâches, le robot s'était surpris à perdre peu à peu le moral. Il était conçu pour réagir aux stimuli divers que pouvait lui apporter l'extérieur, et cette succession d'actions sans réel but pour lui ne lui convenait guère.

- Nous ne sommes pas que des machines ! l'encouragea-t-elle en lui donnant une bourrade affectueuse dans le dos.

Ysaac lui sourit, heureux de retrouver quelqu'un de confiance sur qui compter. Il retrouvait dans le visage de Rosalyne le même air bienveillant que son père.

Ils parvinrent dans les quartiers privés du boss lorsqu'ils entendirent une violente explosion, accompagnée de secousses qui couraient le long du couloir, puis d'une violente discussion.

- Je ne sais pas ce qui se passe, déclara Ysaac, mais il faut faire vite.

- Je te suis !

Ils s'élancèrent en prenant garde de ne pas se prendre les pieds dans l'épais tapis de velours et ouvrirent à la volée une lourde porte au fond du couloir. Ysaac avait profité d'un des moments d'inattention d'Arnold – de plus en plus fréquents depuis qu'il se trouvait être le seul être humain du bunker avec le boss, et dus principalement à la boisson – pour lui dérober la carte d'accès du « laboratoire ».

La scène que Rosalyne découvrit alors n'était que trop familière à son goût. Quatre caissons pouvant contenir une personne chacun étaient disposés par deux de chaque côté de la salle. D'ailleurs, deux d'entre eux contenaient des robots humanoïdes féminins de grossière manufacture, construits à la va-vite. De lourds câbles reliaient ces cercueils de verre à un énorme ordinateur, sur lequel travaillaient Leroy et Carrie Evans.

Un homme d'une quarantaine d'années se trouvait avec eux. Il semblait avoir porté son costume durant plusieurs jours et des taches parsemaient le velours côtelé. Rosalyne pouvait voir et sentir d'ici qu'il devait avoir abusé d'un très mauvais whisky. Mais ce qui la frappa par-dessus tout, c'est qu'il tenait dans chacune de ses mains un pistolet qu'il braquait sur la nuque de ses parents.

- Alors, c'est pour quand ? demanda-t-il en étouffant difficilement un hoquet

- On ne peut pas savoir, répondait Carrie en se faisant la plus douce possible pour ne pas brusquer son hôte. Nous n'avons pas testé ce système sur des personnes déjà zombifiées. Il se peut que cela ne fonctionne jamais.

L'ingénieure expliquait cela sans cesse à M. Hatchwork mais son patron ne l'entendait pas de cette oreille.

- Cela marchera ! Aujourd'hui, c'est l'anniversaire de ma petite Élisabeth ! s'écria-t-il dans sa folie. Et son cadeau, ce sera la vie !

Leroy retint un soupir, car c'était peine perdue. Mais il n'avait aucun moyen de se soustraire à ce travail forcé. Les parents de Rosalyne sentaient le canon de l'arme s'appuyer de plus en plus contre leurs cous.

Alors que Rosalyne et Ysaac tentaient de se faire le plus discrets possible pour se glisser un chemin vers M. Hatchwork et le désarmer, ce dernier se retourna et aperçut les deux jeunes robots.

- Ah, Ysaac, tu tombes bien ! lâcha-t-il sans se rendre compte qu'il ne devait pas se trouver là. Et tu as amené une copine, comme c'est mignon ! Soyez gentils, allez donc me chercher mes princesses !

Rosalyne regarda un instant son frère mécanique, ne sachant que faire.

- Bien, chef, fit-il docilement.

Il quitta la salle, Rosalyne sur ses talons. Cette dernière avait pu adresser un clin d'œil à son père, qui s'était retourné alors que M. Hatchwork leur donnait des ordres.

- Et maintenant, qu'est-ce qu'on fait ?

- On va chercher les princesses. Nous avons pu mettre au point un plan avec ton père mais il faudra faire vite.

- Mais pourquoi veut-il… oh !

La lumière se fit soudain dans l'esprit de Rosalyne. Les princesses, les caissons, la base de données… M. Hatchwork voulait obliger ses parents à reproduire ce qu'ils lui avaient fait, obliger ses parents à sauver les deux femmes qui comptaient le plus pour lui.

Mais quand elle vit les deux créatures dans leur cage, elle comprit que c'était impossible. On reconnaissait à peine le visage des deux femmes, des pans de chairs entiers manquaient de leur corps par endroit. Toute forme de conscience avait quitté leur corps depuis déjà bien longtemps.

- Attrape la plus grande, elle bouge moins, fit Ysaac tristement, il n'aimait guère se trouver en compagnie de ces pauvres victimes.

Ils amenèrent les deux zombies jusque dans le laboratoire et Ysaac en profita pour expliquer son plan à Rosalyne. Quand les créatures virent et sentirent les humains dans la pièce, elles commencèrent immédiatement à s'agiter mais les robots les maintenaient fermement. Leroy, Carrie et son patron s'étaient réfugiés dans une cabine vitrée pour se protéger des zombies, comme les parents de Rosalyne l'avaient fait lors de son transfert. Elle et Ysaac installèrent les créatures dans les caissons vides alors qu'elles se débattaient toujours et les y attachèrent fermement puis firent mine de se rendre dans la cabine.

- Les boîtes de conserve, vous restez ici ! leur cria M. Hatchwork dans le haut-parleur de la cabine.

Carrie sourit faiblement à Rosalyne pendant qu'elle ajustait les derniers paramètres sur son écran puis elle et Leroy commencèrent le compte à rebours.

5…4…3…2…1…Transfert.

Les zombies semblèrent déchirés d'une douleur atroce dans leurs caissons respectifs pendant qu'on entendait l'ordinateur tourner à plein régime. M. Hatchwork semblait avoir oublié la présence des deux ingénieurs à ses côtés, le visage collé à la vitre pour mieux voir.

- Maintenant ! souffla Ysaac à Rosalyne.

À cet instant, la jeune fille vit son père asséner un énorme coup de poing à son hôte et poussa son épouse hors de la cabine. Ysaac attrapa les deux ingénieurs pendant que M. Hatchwork reprenait ses esprits et revenait à leur poursuite. Une fois ses parents dehors, la porte fermée et l'homme coincé à l'intérieur avec elle, Rosalyne vit le robot lui adresser un signe de tête, indiquant que c'était à elle de jouer. Elle libéra alors les deux zombies de leurs cercueils vitrés et ceux-ci se ruèrent vers leur père et époux avant qu'il ne puisse atteindre la porte. Les corps semblaient s'enlacer en d'ultimes retrouvailles, mais elle savait que la réalité était bien différente.

Une fois leur dernier festin terminé, Rosalyne abrégea enfin les souffrances des princesses comme elle l'avait fait avec elle-même.

Chapitre 17 – La fuite

Pendant que Rosalyne en finissait avec les zombies, Ysaac avait emmené Carrie et Leroy s'équiper des combinaisons que les humains utilisaient pour sortir. Lui et Rosalyne n'en auraient pas besoin puisqu'ils ne respiraient plus, mais l'atmosphère restait toxique pour les parents de la jeune fille.

Ils se retrouvèrent finalement tous les quatre au rez-de-chaussée du bunker, prêts à partir, lorsqu'ils entendirent que quelqu'un les suivait et remontait à l'échelle.

- Attendez-moi !

C'était Arnold, qui semblait avoir dessaoulé d'un seul coup et avait revêtu lui aussi une combinaison de protection.

- J'ai vu ce que vous avez fait au boss. C'est pas très cool, mais je ne dirai rien. D'un côté, ça m'arrange, j'en pouvais plus de rester ici tout seul. Mais je vous en prie, emmenez-moi avec vous !

Ils se regardèrent tous puis Ysaac intervint.

- Arnold est un homme bien, quand on le connaît un peu.

- Venez ! accorda Leroy en lui tendant la main pour l'aider à remonter. On ne peut pas vous laisser ici.

Ils sortirent alors du bunker pour rejoindre le SEISME et son conducteur Alexis.

- Mais c'est que vous êtes plus nombreux que prévu ! réagit-il. Heureusement que nous avons prévu un coffre !

- J'y vais, proposa Arnold, puisque je n'étais pas prévu.

Ysaac l'aida à s'installer pendant que les autres prenaient place dans l'habitacle puis il les rejoignit.

- Direction le dôme 348 ! déclara Alexis joyeusement en allumant les moteurs.

Rosalyne se laissa tomber dans le siège passager à côté de lui, exténuée. Ils avaient réussi ! Ils avaient sauvé ses parents des griffes de ce fou furieux et l'avaient empêché de nuire plus encore.

En regardant dans le rétroviseur, elle croisa le regard d'Ysaac qui lui souriait. Elle venait aussi de retrouver un ami. Un frère.

Elle remarqua que leurs visages se ressemblaient en de nombreux points et se souvint du désir de son père d'avoir un jour un fils. Malheureusement, Carrie avait déjà eu du mal à accoucher de Rosalyne et ne pouvait plus avoir d'enfant. Leroy était heureux d'avoir eu une petite fille magnifique, et finalement un peu garçon manqué, mais il semblerait qu'il ait accompli lui-même un de ses rêves. Avec un peu de chance, Carrie acceptera peut-être aussi Ysaac comme son propre fils et ils pourraient tous vivre comme une grande famille. Ysaac lui-même en serait très heureux, elle le savait déjà.

Alors qu'ils voyaient le dôme se rapprocher petit à petit, le bruit des moteurs commença à faiblir jusqu'à ce que le véhicule s'arrête.

- Et maintenant, qu'est-ce qu'on fait ? demanda Carrie d'un ton anxieux.

- Pas de panique, la rassura Alexis, le système d'oxygénation fonctionne encore et on a deux heures d'autonomie. C'est la batterie du système d'entraînement qui est hors service.

- Attends un instant.

Rosalyne farfouilla à l'intérieur de sa veste et en sortit la batterie externe que son père lui avait offerte pour Noël. Elle n'avait encore jamais eu l'occasion de l'utiliser.

- Ma chérie, toujours aussi prévenante, s'émut Leroy en remplaçant la batterie usée et en adaptant les connexions. Cette batterie est ultra-puissante et devait t'offrir une semaine d'autonomie. Cela suffira amplement pour rentrer à la maison !

Dans le haut-parleur du SEISME, on entendait les cris de joie de l'équipe encore au quartier général.

- Alex, appuie sur le bouton orange, sur ta gauche, avec le petit R, indiqua Luke avec un air malicieux.

- Celui-là ? fit ce dernier en s'exécutant.

Aussitôt, un air de rock'n'roll retentit dans l'habitacle du SEISME, redoublant l'excitation de ses occupants et symbolisant la réussite de leur mission. Même Arnold semblait apprécier la musique depuis le coffre.

Soudain, ils entendirent les signaux provenant du quartier général se brouiller, puis des bruits de pas précipités et des cris intraduisibles.

- Mélody, Charline ? Vous nous recevez ? demanda Rosalyne dans son micro, inquiète.

Pas de réponse, elle continua d'appeler ses amis mais rien n'y faisait. Le signal se coupa finalement.

- Il y a peut-être une coupure de courant, ou un bug, proposa Alexis.

- Peut-être, mais j'ai tout de même un mauvais pressentiment…

Le SEISME retrouva la crevasse depuis laquelle il s'était extirpé du sol et remonta le tunnel ferroviaire. Plus ils approchaient de la frontière du dôme et plus Rosalyne sentait ses muscles automatisés se tendre.

Enfin, lorsqu'ils atteignirent finalement la gare désaffectée, ils furent accueillis par des dizaines de policiers armés jusqu'au cou.

- Leroy, Carrie et Rosalyne Evans, Alexis Storm, vous êtes en état d'arrestation !

- Carrie et Leroy Evans, vous êtes jugés coupables d'avoir accueilli chez vous une infectée, mettant ainsi en péril la sécurité de votre entourage ainsi que d'avoir réalisé des expériences non autorisées sur votre propre fille.

Le résultat était sans appel. Les parents de Rosalyne étaient condamnés.

Condamnés à travailler en étroite collaboration avec les services d'hygiène afin de développer le transfert d'âme chez les infectés dont leur fille était jugée comme le prototype.

L'audience avait été insoutenable. Après le sauvetage de Carrie et Leroy Evans du repaire de M. Hatchwork, ils avaient été arrêtés par la police dès leur retour dans le dôme. Ils étaient même allés arrêter les étudiants de l'Académie Mélusianne dans la maison des Evans, ayant été alertés par l'école du vol du SEISME. Aucun des parents n'avait eu de nouvelles de leurs enfants et les Evans ne donnaient pas signe de vie. Les agents avaient déduit où les étudiants devaient se trouver.

- Une semaine d'exclusion, ils y sont allés un peu fort ! se plaignait Paul à sa meilleure amie, lui qui n'avait jamais transgressé les règles de sa scolarité.

- Estimons-nous heureux, nous aurions pu être exclus tout court !

Lors du procès des parents Evans, Leroy et Carrie avaient témoigné et raconté tout ce qu'il leur était arrivé dans le bunker, ainsi que l'histoire du « Boss » qui avait été très bavard durant leur séjour. Lors du dernier accident de zeppelin entre les dômes au début de l'année précédente, l'épouse et la fille du patron de Carrie avaient été infectées mais, comme Rosalyne, avaient pu passer entre les mailles des services d'hygiène et rester auprès de leur mari et père. Malheureusement, la maladie les avait rapidement rattrapées, mais l'homme de la famille s'était alors promis de trouver un moyen de les sauver, tout en sombrant dans l'alcool et le désespoir. Il avait donc décidé d'attaquer les citoyens avec les zombies de l'extérieur, d'une part pour forcer les services d'hygiène à travailler d'arrachepied sur un remède, et d'autre part, en bon seigneur, de leur fournir la matière première sur laquelle tester leur recherche. Pour ne pas envoyer tous ses employés de la société Pawell & Co à la pêche aux zombies, il avait acheté l'entreprise de transport qu'avait engagé Cloud Technology afin de voler ses robots pour en faire de parfaits petits esclaves. Seul Ysaac, le plus récent, avait pu échapper à cette servilité mais avait joué le jeu pour en apprendre plus, comme un agent infiltré.

Il avait par la suite appris grâce à son neveu que la jeune Rosalyne Evans était devenue un robot à la suite d'un accident semblable. Théodore n'osait même plus regarder son groupe de projet dans les yeux et avait montré son vrai visage, ambitieux et sans scrupule. Il n'avait plus rien à faire du projet puisqu'il héritait déjà de la société de son oncle, lui qui n'avait plus de descendance et qui voulait l'engager à la fin de ses études. Abygaëlle, n'ayant absolument pas apprécié ce comportement et ne reconnaissant plus son petit ami, l'avait quitté et avait repris la tête du projet qui promettait déjà d'être grandiose. Le prototype avait déjà été une réussite, mais ils pourraient toujours l'améliorer.

M. Hatchwork avait donc décidé de forcer Carrie et Leroy à travailler pour lui, mais les deux femmes malades étaient bien entendu incurables. L'homme s'accrochait à un espoir dérisoire qui l'avait fait tomber peu à peu dans la folie. Sans Rosalyne et ses amis, ses parents seraient certainement toujours bloqués dans ce bunker, assassinés par le chef d'entreprise ou dévorés par les princesses. Quant à Arnold, l'homme à la casquette avait déclaré être un simple employé faisant sagement ce qu'on lui disait. Il s'en était tiré avec une peine raisonnable avec sursis, devant en contrepartie aider Cloud Technology à récupérer son matériel en donnant le plus possible d'informations sur le bunker.

L'histoire romanesque avait ému l'assemblée mais les fautes restaient indéniables, les casiers judiciaires des Evans venaient d'être marqués à vie. Mais c'était bien peu de chose comparée à leur bonheur familial retrouvé.

De plus, ils avaient décidé de garder Ysaac à leurs côtés, même s'il se rendait tous les jours dans les nouveaux locaux de Cloud Technology avec Leroy. Ysaac avait lui aussi aidé au rapatriement de ses frères et sœurs automatisés. Rosalyne était aux anges, elle venait de gagner un frère qui comprenait, en un sens, sa condition de créature mécanique. Son ami Paul avait fait la tête quelques jours, mais il s'entendait finalement très bien avec l'androïde et ils formèrent bientôt un trio inséparable. Ils lui racontaient leur travail à l'école et Ysaac semblait grandement s'intéresser à leur activité et au métier de son père en général.

Un soir lors du dîner (les robots ne mangeaient que par plaisir, pas par nécessité), il avait finalement déclaré :

- Carrie, Leroy, Rosalyne, l'année prochaine, je veux entrer à l'Académie Mélusianne !

Fin

Remerciements

J'aimerais vous remercier vous, chers lecteurs, car si vous lisez ceci, c'est que vous êtes arrivé jusqu'à la fin de mon livre.

J'espère que vous avez aimé ce roman autant que j'ai pris du plaisir à l'écrire. Il s'agit de mon premier livre, j'en suis donc assez fière. Il n'est pas parfait et j'ai encore beaucoup à apprendre, mais je suis heureuse d'être arrivée à son terme. N'hésitez pas à me faire part de vos retours, ils ne peuvent être qu'enrichissants.

Mes autres remerciements s'adressent à ceux qui m'ont encouragée, relue, corrigée… J'imagine combien j'ai pu être enquiquinante parfois, mais le résultat en vaut la peine ! Un grand merci à Jeremy, qui fut le premier à me relire entièrement et m'indiquer le plus possible d'incohérences. Et merci à Dominique ainsi qu'à Marie-Jeanne de m'avoir relue et corrigée, car ma hâte à me publier pour la première fois a laissé de vilaines coquilles dans la première version ! Pour les autres, je n'ose réaliser une longue liste de noms, car j'en oublierais certainement, mais je sais que vous saurez vous reconnaître !

Enfin, un immense merci à celui qui a réalisé cette magnifique couverture, Lilian Chatagnat ! Je vous invite à aller voir ses œuvres sur son site internet, elles sont sublimes !

En bref, merci à tous !

Cyrielle

Me retrouver

Facebook – Cyrielle JOANNARD – Autrice de l'imaginaire

Twitter – Cyrielle JOANNARD

Wattpad – Cyrielle JOANNARD

Et n'hésitez surtout pas à me laisser un commentaire sur la plateforme de Book on Demand ou Amazon, ou à m'envoyer vos retours sur mes réseaux sociaux, cela me fait toujours plaisir et m'aide beaucoup à progresser !